소나무극장

폴앤니나 소설 시리즈 005

소나무극장

홍 예 진
장편소설

❀ 폴앤니나

한낮의 현란한 빛에서 눈을 돌려 봐
차갑고 무의미한 그 빛을 벗어나서
밤의 노래를 들어보란 말이야

차례

1부

내 손을 잡고 그곳에 도달하는 배우를 볼 때,

사람들은 우레와 같은 박수를 선사한다.

소나무극장의 열연은 그렇게 완성된다.

극장의 유령인 나와 떠나는 여행으로.

01

사람들이 붉은 벽돌 건물 앞 계단을 올라온다.

아름다운 극장을 보고 마음을 빼앗긴 듯 그들의 얼굴에 감탄과 긴장이 내비친다. 이내 로비가 술렁댄다. 오디션을 보러 온 배우들의 기대감이 이 공간에 들어차는 것이다.

이런 기운이 좋다. 그 시절의 우리가 70여 년 시간을 훌쩍 뛰어넘어 여기에 와 있는 것만 같다. 무대를 사랑하고, 객석과 호흡하고, 조명이 켜지면 환희에 몸을 떨던 우리가. 긴 세월 이곳을 떠나지 못하는 신세라도, 사람의 눈에 보이지 않는 처지라도, 이런 날만큼은 나도 살아있는 것 같다.

나는 배우들 사이를 유영하다가 그들의 몸을 차례차례 통과해본다. 오늘 오디션에서 합격점을 받아 무대에 서게 될 이들을 골라내보고, '궁극의 배우'를 찾아내는 것이다. 나와 함께 영혼의 여행을 떠날 사람을.

"21번, 들어오세요!"

한 배우가 심사장으로 들어간다.

반듯하고 호감을 주는 인상의 20대 남자. 그러나 그의 뒷모습을 지켜보며 나는 고개를 젓는다. 조금 전 통과해보았으나 그의 몸은 온도가 낮다. 더 뜨거워야 한다. 불씨를 품어야 한다. 내가 들어가서 예전의 내 육체로 느낄 수 있으려면.

나의 손은 무대의 불꽃이 될 이에게 가 닿는다. 내 손을 잡고 그곳에 도달하는 배우를 볼 때, 사람들은 우레와 같은 박수를 선사한다. 무대와 객석 사이 경계가 사라지고, 극장 안 모든 사람의 영혼이 몰아에 이르는 것이다. 소나무극장의 열연은 그렇게 완성된다. 오랜 세월 극장을 지켜온 유령, 나와 떠나는 여행으로.

02

　근처에는 수풀밖에 없었다. 표식이 될 만한 것이라고는 길 반대편의 회색 임시 건물 하나뿐이었다. 지은은 신경을 긁는 내비게이션의 고음을 듣자마자 돌발적으로 속도를 줄였다. 도로 왼편으로 난 진입로를 따라 경사진 비포장길로 들어섰다. 낮은 지대의 공터, 창고형 건물 둘, 간판이 보였다. 하늘제작소.

　지은은 공터에 차를 세운 다음 시동을 껐다. 뒷좌석 문을 열고 가방을 꺼내는데 뒤에서 끼이이익, 하는 마찰음이 났다. 돌아보니 건물의 철문이 열려있고, 남자가 나와 있었다.

　"찾느라 고생하지 않았어요?"

　경상도 억양을 70%쯤 제거한 말씨. 통화했던 목소리의 주인공 신혁수다. 지은은 얼른 목례부터 했다.

　"금방 찾았어요. 말씀하신 대로 그렇게 멀지는 않더라고요."

"다들 멀다 멀다 하는데 사실 그렇게 먼 거리는 아니지요."

"말씀 편하게 하세요. 한참 선배님인데."

혁수는 검은 모자챙을 슬쩍 들어 이마를 긁으며 가볍게 웃었다.

"뭐 그건 차차. 임지은 씨라고 했나? 몇 기지?"

혁수는 머뭇거리면서도 은근슬쩍 말을 놓았다.

"9기요."

"9기면 가만있자, 3년 전에 졸업했겠네요?"

두 동으로 나뉘어 있는 건물 중 큰 쪽이 사무실과 아틀리에로 쓰는 곳이라고 했다. 혁수는 아틀리에를 가로질러 안쪽에 자리한 사무실로 앞장섰다. 지은은 혁수를 따라 걸으며 물었다.

"다른 건물은 무슨 용도예요?"

"장비 보관실. 나중에 그쪽도 둘러봅시다."

사무실로 들어오자 혁수는 본론으로 직진했다.

"도면은?"

지은은 도면을 꺼내 테이블에 펼쳐놓고 혁수의 눈치를 살폈다.

"관객이 보는 앞에서 세트가 움직여야 하는데, 바퀴

를 달았다는 느낌은 전달되지 않았으면 좋겠어요."

"궁리를 좀 해보자고."

혁수가 포트폴리오백 안에 꽂힌 그림을 가리켰다.

"그건가? 배경막 원본?"

"아 참. 이건 좀 오래 걸릴 거예요."

그림을 펼쳐 든 혁수의 미간에 힘이 들어갔다.

"디테일이 엄청나네!"

"배경막 중 디테일 까다로운 건 이거밖에 없어요."

그림은 지은이 이틀을 꼬박 써서 그려낸 배경막 원본이었다. 고개를 처박고 세필 붓으로 그리느라 뒷덜미가 뻣뻣해져 며칠을 고생했다. 혁수는 입을 다문 채 턱을 몇 번 쓸더니 그림의 가로와 세로에 자를 갖다 대고는 말했다.

"직접 그렸나?"

"네."

"솜씨 좋네. 실전은 3년 차라면서."

지은은 초년생 취급받는 걸 벗어나려면 얼마나 더 있어야 하나 생각하다가 좀 처량한 기분이 되었다. 아직은 아트센터에 계속 남을 수 있을는지도 알 수 없는 처지였다. 소나무아카데미를 마쳤어도 실무 경력은 3

년밖에 안 되었으니 얕보인다고 억울할 자격도 못 된다. 무대미술 전문 교육기관이라는 특수성에 혹해 가족들의 반대를 무릅쓰고 아카데미를 선택했지만 막상 졸업을 하고 나니 정규 대학 졸업장이 아쉽기도 했다.

싼 학비에 낡이긴 했으나 아카데미의 교육과정이 허술하진 않았다. 소나무아카데미는 창업자의 뜻을 받들어 학비 인상을 지양하고 있을 뿐이다. 학교 운영자금은 고인이 세운 재단기금에서 충당한다. 같은 재단 소속인 파인아트센터가 아카데미 출신들을 모두 채용하는 건 아니지만 지은은 운이 나쁘지 않았다. 비록 계약직이지만 기회가 주어졌다. 지은은 이번 기획공연이 아트센터 정직원으로서의 자질을 시험 받는 테스트베드라는 걸 알고 있다. 지은이 아닌 누구라도 무대 구상 기회가 있으면 결기를 다질 것이다.

이야기를 마치자 혁수가 제작소 구경을 시켜줬다. 파인아트센터에서 기획하는 자체공연 세트는 주로 혁수의 제작소에서 맡는다고 했다. 지은이 아트센터에 들어온 후 무대에 올랐던 것들은 전부 외부에서 들어온 대관공연이었다. 그 때문에 지은이 직접 제작소로 와 작업 협의를 하는 건 이번이 처음이었다. 아틀리에는 체육관으로 써도 좋을 만큼 넓었다. 벽 사방에 철제 발코니가 붙어있었다. 두 사람은 계단을 올라 발코니에 섰다. 아틀리에 전체가 한눈에 들어왔다. 지은은 방금 혁수에게 보여준 그림이 실물 사이즈의 배경막이 되어 있는 것을 상상해 봤다. 혁수가 물었다.

"감이 좀 오나?"

"포 바이 에잇. 그리드 서른두 개 정도 뽑아 나눠 그리면 되지 않을까요?"

"제법이네! 하긴 뭐, 윤희가 사람은 잘 보니까."

지은은 칭찬이 쑥스러워 표정에 신경을 쓰다가 결국 얼굴을 붉혔다. 혁수가 물었다.

"첫 번째라고 했죠, 제작에 직접 참여하는 건?"

지은이 고개를 끄덕이자 혁수가 웃어줬다. 저의가 묻어나지 않는 미소에 지은은 마음이 풀어졌다. 어쭙잖은 훈계로 기선부터 제압하려 드는 공연 비즈니스 업계의 텃세에 지쳤던 터라 혁수의 무던함이 신선했다. 지은은 다시 한번 아틀리에를 내려다봤다. 첫 작업. 첫 무대. 가슴이 두근거렸다.

"잘해봅시다!"

혁수는 툭 던지듯 짧은 한마디를 건네면서 불쑥 손

을 내밀었다. 지은은 혁수의 손을 맞잡았다. 군데군데 옹이가 박인 단단한 손, 거친 재료를 다루는 일로 잔뼈가 굵었을 시간이 박혀 있는 손이었다.

"잘 부탁드릴게요."

지은은 어쩐지 이 사람과는 잘 지낼 수 있을 것 같다는 생각이 들어 용기가 났다.

03

"나야."

한마디로도 대번에 알 수 있었다.

상원은 먹고 있던 치킨을 내려놓고 냅킨을 찾기 위해 주변을 두리번거렸다. 입가와 손가락을 훔쳐낸 다음에야 겨우 목소리를 냈다.

"오랜만이네. 잘 지내?"

전화기 건너편에서 윤희가 응, 하고 대답한 뒤 잠시 침묵이 흘렀다. 다시 말을 꺼낸 건 상원이었다.

"어쩐 일이야?"

"부탁이 있어서."

몇 년 만에 전화를 걸어 할 부탁이란 뭘까. 상원은 호기심과 불길함의 교차 속에서 기분이 뒤숭숭해졌다. 상원의 마음을 알아차린 듯 윤희가 넌지시 찔렀다.

"겁먹었어?"

"나 소심하잖아."

혀를 차며 웃는 윤희 특유의 목소리.

상원은 괜스레 안절부절못하며 거실을 빙빙 돌다가 탁자를 내려다봤다. 야구와 치킨. 휴식의 동반자들이 상원의 리턴을 기다리고 있었다. 상원은 리모컨을 집어 TV를 껐다. 닭날개의 잔해들을 앞에 두고 다시 앉으니 기다렸다는 듯 윤희의 목소리가 날아들었다.

"야구 보고 있었구나?"

"귀신이네."

"취미도 여전하네."

"그렇지, 뭐. 내가 나지 어디 가겠어."

또 말이 끊겼다. 상원은 탁자 위에 놓인 리모컨 모서리를 손끝으로 건드렸다. 리모컨은 바닥에 등을 눕힌 채 빙글빙글 돌았다. 윤희가 대뜸 제안했다.

"좀 볼까?"

"진심이야?"

"전화로 말해도 되는데, 가능하면 좀 만났으면 해."

테이블 위 맥주병 표면에는 어느새 물방울이 맺혀있었다. 상원은 병 표면의 물기를 검지로 쓸어내 탁자 위에 문지르며 헤아려봤다. 6년 만이었다.

남산 중턱의 식당 내부로 들어서니 에어컨 바람이

와락 달려들었다. 식당 직원이 상원을 알아보고 다가왔다. 윤희는 홀을 향해 뚫린 쪽에서 멀리 후미진 곳에 앉아있었다. 반듯한 이마와 서늘한 콧날은 여전했고, 뺨은 좀 꺼져있었다. 세월의 흔적이 엷게 드리워지긴 했어도 여전히 예뻤다. 민소매 원피스 밖으로 빠져나온 팔은 아직도 매끈한 데다 여름 해에 타서 반질거렸다. 상원은 머쓱하게 웃어보인 뒤 말문을 텄다.

"늦은 건가? 시간 맞춰 온다고 서두르긴 했는데."

"아니야. 내가 일부러 미리 와 있었어."

직원이 은빛 물주전자를 하얀 천으로 감싸들고 두 사람의 컵에 얼음물을 따랐다.

윤희가 주문을 했다.

"두 사람분 준비해 주세요."

코스 요리였다. 민어전을 집어 먹으며, 상원은 문득 이상한 기분에 휩싸였다. 6년이라는 시간을 훌쩍 뛰어넘어 만난 사람들치고는 지나치게 심상했다.

윤희가 젓가락을 내려놓고는 물잔을 들며 말했다.

"많이 먹어. 나 오늘 너 꼬셔야 하기 때문에 각별히 신경 써서 고른 장소야."

상원은 표정을 굳혔다가 곧 평정을 되찾고 받아쳤다.

"헨젤과 그레텔이냐, 먹을 걸로 꼬시게?"

"놀라지도 않네? 내가 뭘, 왜 꼬시는 건지도 모르면서."

윤희는 잠시 말을 멈췄다가 엉뚱한 말을 꺼냈다.

"시인 한유, 혹시 좋아해?"

상원은 한쪽 눈썹을 치켜올렸다. 말랑한 글자 놀음에는 취미가 없었다. 곡은 곧잘 만들지만 가사는 주로 다른 사람 것을 받아쓰는 쪽이었다. 물론 북한 시인 한유를 모를 정도로 문외한인 건 아니다. 입담 좀 세운다 하는 유명 인사들이 그의 시를 인용하는 걸 더러 접하곤 했다. 윤희가 말했다.

"우리 할아버지가 좋아했던 시인이야."

윤희의 할아버지가 살아생전 예술계에 기여한 공로가 많은 인물이라는 건 상원도 알고 있었다. 윤희 할아버지의 문학적 취향과 윤희가 하려는 부탁 사이에 어떤 접점이 있는 건지는 예측할 수 없지만.

"올해가 한유 시인 탄생 100주년 되는 해야. 혹시 한유의 인생사에 대해 좀 알아?"

상원은 고개를 저었고, 윤희는 이야기를 시작했다.

04

한유는 평양 유지의 외아들이었다. 세 살 전에 헤어진 생모가 기생이었다는 점만 빼면 한유의 삶은 흠잡을 데가 없었다. 성장한 한유는 동경의 대학으로 진학해 오경선을 만났다. 성악을 전공하는 여자였다. 한유는 오경선에게 끌리는 마음을 한동안 경계했는데, 그건 생모와 관련된 자격지심에서 기인하는 조심성이었다. 부친의 마음을 사로잡은 것이 생모의 꾀꼬리 같은 노랫소리였다. 평양 권번의 자랑거리였다던 그 노랫소리를 들으면 누구든 넋을 잃었다는 풍문이 있었다.

그런데도 한유는 오경선과 사랑에 빠지게 되고, 동경 거리 곳곳에 추억을 남긴다. 먼저 졸업한 한유가 평양으로 돌아가는 바람에 두 사람은 잠시 떨어져 있게 되는데, 한유는 사흘이 멀다고 오경선에게 자작시 편지를 띄웠다. 졸업과 함께 귀국을 결심한 오경선은 시모노세키항에서 배를 탄다. 1943년, 수백 명의 승객을 태우고 부산항으로 향하던 곤론마루 호는 현해탄 한가운데에서 러시아군의 폭격을 맞고 산산조각이 난다.

해방이 오고, 한반도는 이념의 대립으로 몸살을 앓는다. 한유는 연인을 잃은 충격과 실의에서 벗어나지 못한 채 시를 쓰며 현실에서 도피한다. 그렇게 써내려 간 시들이 차곡차곡 쌓여 책으로 묶을 분량이 되었지만 평양에서는 발표할 수 없었다. 사회주의 혁명을 부르짖는 분위기에서 로맨티시즘이 묻어나는 시를 내놓는다는 건 시대정신이 결여된 반동이나 하는 짓이었다. 할 수 없이 서울의 신문사에 다니는 친구에게 가까스로 원고를 전달하지만 남한 문학계에서는 북한 시인이라는 이유로 작품을 실어주지 않았다. 친구는 한유의 재능이 사장되는 게 안타까워 사비로 원고를 인쇄해 가까운 지인들에게 배포했다. 반전은 100부만 인쇄해 알음알음으로만 돌던 시집이 당대의 문학청년들 사이에서 반향을 일으킨 것이었다. 한유의 시집을 필사하는 게 유행이 됐고, 시의 소재가 된 오경선에 관한 소문이 조금씩 번져나갔다. 그 무렵, 6.25 전쟁이 일어났다. 3년 후 휴전이 되었으나 이후 누구도 한유에 관해 언급할 수 없었다. 남한 전체가 빨갱이 사냥에 주력하는 세월을 보내는 동안 북한 시인의 시집은 서서히 잊혔다.

한유의 이름이 다시 수면으로 올라온 건 1960년대였다. 독일에 사는 한 한국인 교수가 한유의 시를 독일 신문에 소개한 것이었다. 교수는 해방 전 독일로 유학을 갔다가 그곳에 둥지를 틀었다. 교수가 쓴 기고문은 이념 대립으로 동강난 나라에서 재능이 사장된 비운의 예술가들을 소개하는 내용이었다. 분단국가 독일인들의 공감대를 건드리는 논조의 해설이 곁들여졌는데 그것이 비극의 씨앗이 됐다. 그 기사로 인해 한유의 시가 남한으로 넘어가 배포되었다는 사실이 북한에 알려지고, 한유는 협동농장행을 선고받았다. 노동 강도가 혹독해 창작활동이 불가능한 곳이었다. 농장으로 떠나기 전날 밤, 한유는 살던 곳의 짐을 정리한 다음 대들보에 목을 매었다.

05

"드라마틱하다."

윤희의 이야기가 끝난 후 상원이 한 말이었다.

상원은 에어컨 바람이 윤희의 이마 근처 잔머리에 자잘한 진동을 일으키는 걸 바라봤다. 후식이 들어오자 윤희가 턱짓을 했다.

"그거 먹어봐. 진짜 맛있어."

상원은 떡을 찍어 입에 넣었다. 윤희는 상원의 반응을 살폈다. 상원은 손가락으로 입속을 가리키면서 맛있다는 시늉을 해 보이고는 떡을 삼킨 다음 말했다.

"소설 같은 사연이네."

"그렇지?"

윤희가 만족스러운 표정을 짓자 상원은 정신이 들었다. 시인의 이야기가 오늘 이 만남과 무슨 상관이 있는 것일까. 상원의 마음을 읽은 윤희가 어조를 바꿨다. 조금 전 한유 이야기를 할 때와는 달리 현실감이 밴 말투였다.

"아까 그랬잖아. 올해가 한유 시인 탄생 100주년이라고. 할아버지가 소나무극장을 세운 지 딱 50년이 되는 해이기도 해."

소나무극장이 파인아트센터의 초석이었던 옛 소극장 이름인 것은 상원도 알고 있었다.

"그래서 이 이야기로 뮤지컬을 만드는 중이야. 연말에 아트센터 창립 50주년 기념공연으로 올리려고."

"한유의 인생사를 가지고?"

"일대기라기보다는 한유와 오경선의 사랑 이야기. 대본은 벌써 나왔고, 곡 작업도 마무리 단계야. 제목은 《어디에도 없는》. 들어봤지? 한유의 대표 시."

"그래서?"

윤희의 눈이 반짝거렸다.

"아직도 모르겠어?"

"말도 안 돼!"

상원이 고개를 젓자 윤희가 애원하는 표정을 지었다.

"네가 해줘. 주인공 한유."

상원은 하, 하고 짧은 숨을 내뱉었다.

"미쳤구나!"

06

"그래서 문상원이 하겠대?"

조명화가 미심쩍다는 듯 물었다. 물망에 올려놓은 인물 중 뮤지컬 배우가 아닌 사람은 문상원뿐이었다. 문상원을 캐스팅하자는 윤희의 의견을 모두 썩 개운치 않아 했다.

"하게 해야죠."

윤희가 말에 무대감독 곽병우가 입술 끝을 비틀었다. 병우의 표정을 포착한 윤희의 미간에 주름이 잡혔다. 음악감독이 안경알을 닦으며 걱정스러운 심중을 내비쳤다.

"연기 경험이 없는데 괜찮을까요?"

의상감독도 한마디 보탰다.

"뮤지컬 같은 걸 할 캐릭터로는 안 보이지 않아요? 춤도 추고 그래야 하는 뮤지컬을 할까 싶네요."

연출이 끼어들었다.

"노래는 발표하는 족족 뜨던데."

"워낙에 목소리가 좋잖아요. 곡도 자기한테 맞는 거 잘 고르고. 생긴 것도 곱상하게 생겼는데 그 목소리로 발라드 뽑아주면 여자들 혼 빠질 만하죠. 콘서트 가면 죄다 여자들이라고 하니까 뭐."

"사실 스펙 덕 보는 것도 있죠, 뭐. 최고 학벌의 훈남 발라드 가수."

긴 회의 후, 윤희는 파김치가 되어있었다. 아트센터의 안전주의자들은 외부 공연을 들여와 대관료 수익을 내는 것으로 올해를 마감하자는 것에 목소리를 모았던 터였다. 쉽게 갈 수 있는 상황에서 굳이 일을 벌이는 윤희에게 힘을 실어주는 아군은 없었다. 아군이라면 지은과 혁수뿐이었다.

각각 기획실과 미술실을 향해 걷던 중 윤희가 지은에게 말했다.

"우리 밖에 나가서 커피 사 먹자. 마키아토 마시고 싶어. 어쩐지 단 게 당기네."

로비로 가려고 계단으로 내려섰을 때였다. 계단 중심부를 타고 두런두런 말소리가 올라왔다.

"그게 대체 무슨 말이야? 언제부터 그랬는데?"

"이 극장에 들어온 후로 계속. 연습할 때마다 그래. 잠깐씩 깜빡깜빡 정신이 나가는데 그사이에 무슨 일이 일어난 건지 기억이 안 나. 이상하지 않아?"

지은과 윤희는 서로를 마주보며 숨을 죽였다. 누구랄 것 없이 동시에 걸음을 멈췄다. 소리의 근원지는 연습실이 있는 지하 쪽 같은데 사람은 보이지 않았다. 계단 중심부에서 떨어져 벽 쪽에서 대화하는 모양이었다. 극장 구조에 익숙지 않은 신입배우들인 듯했다. 딴에는 은밀하게 말하는 것일 텐데 목소리가 위로 떠오르리라곤 생각하지 못한 것 같았다. 이어질 내용을 기다려봤지만 대화는 거기서 끊겼다. 지은은 난간을 잡고 고개를 쭉 빼서 아래를 내려다보았다. 맨 아래 까만 바닥에서 쌔액, 하고 찬 기운이 올라올 뿐 인기척은 더 이상 느껴지지 않았다.

건물을 나서려는데 후드득 빗방울이 떨어졌다. 아트센터 앞 광장을 유유자적 가로지르던 사람들의 움직임이 순식간에 번잡스러워졌다. 한낮의 열기가 밴 바닥이 빗물과 충돌하면서 더운 습기를 올려보냈다. 카페로 달려가려던 지은은 발을 내딛다 말았다. 윤희가 출입구 안쪽에 선 채 넋을 놓고 있었기 때문이었다. 지은은 빗줄기를 보고 있는 윤희의 옆모습을 흘끔거렸다. 늘 느끼는 거지만 날렵한 손끝으로 빚어놓은 것 같은 윤희의 옆선은 그야말로 '예술'이었다. 머리칼에 매달린 빗방울조차도 원래 신체의 일부였던 양 영롱한 신비를 발하는 것 같았다.

"왜?"

회상에서 깨어난 윤희가 눈을 돌리자 지은은 화들짝 놀랐다. 남의 얼굴을 넋 놓고 감상한 사실이 부끄러웠다.

"부장님처럼 머리 묶는 거요. 그거 저도 하고 싶거든요."

"하면 되잖아."

"안 돼요, 저는. 그런 헤어스타일은 부장님처럼 완벽한 두상을 가진 사람이나 할 수 있는 거잖아요."

지은은 머리카락을 끌어모아 묶는 시늉까지 하며 수선을 떨었다. 윤희가 웃으며 말했다.

"너도 예뻐."

"너도…… 라면, 부장님의 미모는 일단 스스로도 인정하시는 거죠?"

지은이 장난을 걸자 윤희가 성대 긁는 목소리를 내며 눈을 흘겼다.

"임지은."

지은이 히히 웃으며 팔짱을 끼자 윤희도 같이 웃었다.

"미워할 수가 없다니까."

"미워하심 안 돼요. 제가 부장님을 얼마나 좋아하는데요."

사실이었다.

정확히 표현하자면 호감보다는 선망이겠지만.

카페는 붐볐다. 주문을 할 때도, 주문한 커피가 나오기까지도 시간이 꽤 걸렸다. 지은은 진열장의 찻주전자를 구경하는 윤희를 보며 궁금증이 일었다.

"뭐 하나 여쭤봐도 돼요?"

"응. 뭐?"

"한유 역할 말이에요. '그 사람'으로 미는 이유가 뭐예요?"

지은은 주변 사람들이 알아들을까 봐 문상원의 이름을 '그 사람'으로 대체했다.

"왜? 별로 마음에 안 드니?"

"그건 아닌데 좀 의외라서요."

"아까 회의에선 좋다고 했잖아."

"저도 그 사람 노래 좋아하긴 하는데요. 주로 잔잔한 장르를 하는 사람이라 뮤지컬 주인공으로 쉽게 떠올리게 될 것 같지는 않거든요, 저라면."

"그렇기는 하지."

윤희는 심드렁하게 수긍했다. 문상원을 적극적으로 추천했던 사람인데도 주장을 관철하려 하지 않는 게 지은은 이상했다. 지은이 뭔가를 더 물으려는데 바리스타의 활기찬 목소리가 날아왔다.

"화이트초콜릿모카, 캐러멜마키아토 나왔습니다!"

3층 미술실로 들어가려던 참에 윤희가 지은을 기획실로 이끌었다.

"지은아, 잠깐."

미술실은 기획실 옆에 부속처럼 붙어 있었다. 윤희는 탁자에 커피를 내려놓은 뒤 뭔가를 꺼내왔다. 상자였다.

"그게 뭐예요?"

지은이 묻자 윤희는 상자를 탁자에 놓으며 빙그레 웃었다.

"과거."

윤희는 상자 속 내용물을 뭉텅이로 끄집어냈다. 사진이나 카드 같은 것들이었다. 뭉치를 뒤적이던 윤희가 사진 한 장을 골라 내밀었다. 대학생 또래로 보이는 남녀 몇이었다. 물과 바위가 배경인 걸로 보아 계곡 같은 곳에서 찍은 것으로 보였다. 지은은 금세 윤희를 찾아냈다. 가무잡잡하면서도 깨끗한 피부며 또렷한 눈매. 역시 돋보이는 미모였다.

"어?"

지은은 윤희의 뒤에 서 있는 남자를 가리켰다.

"문상원이잖아요! 원래 아는 사이셨어요?"

윤희가 잔잔히 웃으며 고개를 끄덕였다.

"구남친."

지은의 눈이 동그래졌다.

"대박! 그걸 왜 이제야 말씀하세요?"

"알겠어?"

"뭘요?"

"내가 왜 한유 역할에 문상원을 밀고 있는지."

"사귀었던 분이라서 그러신 거예요?"

윤희는 대답 대신 태블릿을 가져와 무언가를 검색해 찾아놓고는, 뭉치 안에서 또 다른 사진 하나를 집어냈다. 윤희는 새로 찾은 사진과 태블릿을 나란히 붙여 내밀었다.

"다시 한번 봐봐."

지은은 양쪽을 번갈아 보았다. 태블릿 속 검색 결과물은 자료에서도 여러 번 봤던 시인 한유의 청년 시절 사진이었고, 윤희가 새로 찾아 내민 것은 문상원의 독사진이었다. 스무 살쯤 되었을까? 사진 속 문상원이 현재의 문상원과 다른 점이 있다면 안경을 쓰지 않았다는 것이었다. 매끄러운 음색의 가수 문상원, 하면 떠오르는 트레이드마크 안경, 그게 없었다.

"어때?"

윤희가 지은의 얼굴을 살피며 묻자 지은은 심호흡을 했다.

"안경 하나 없을 뿐인데 이렇게 다른 인상이 되네요."

"이제 알겠어?"

지은은 고개를 끄덕이며 수긍했다.

"닮았네요. 많이!"

07

지은은 모형에서 눈을 뗐다.

문제는 평양과 동경을 이어줄 매개체를 찾아내는 일. 커피머신을 놓아둔 창가로 갔다. 캡슐을 넣고 창밖을 보니 아트센터 앞 광장의 가로등 불빛들이 총총하다. 창턱에 기대 커피를 마시는데 불빛 하나가 눈꼬리에 와 붙었다. 광장에 설치된 디지털시계의 숫자판에서 뻗어온 빛이었다. 고풍스러운 가로등과는 도통 어울리지 않아서 볼 때마다 눈살이 찌푸려지는 설치물이었다.

지은은 1940년대의 광장 분위기를 상상해봤다. 한복 차림과 양장차림이 섞인 행인 중 잘생긴 모던보이가 있다. 어스름이 깔린 시간, 청년은 시계를 본다. 시계……. 정신이 번쩍 들었다. 잠기운이 훅 빠져나가는 기분이었다. 부장님의 시계! 그 시계야말로 골동품일 것이다.

주인 없는 기획실의 공기는 늑진하고 고요했다. 밤거리의 불빛을 흡수한 롤링 블라인드의 광채로 실내에는 엷은 미명이 깔려있었다. 지은은 서가로 다가가 상자 안 시계를 바라보았다. 얼마나 오래된 물건인지, 새겨진 문양의 형태나 디테일은 어떤지, 실내가 어두워 식별할 수가 없었다.

지은은 상자를 미술실로 가지고 왔다. 일단 사진을 찍어두어야겠다 싶어 작업대를 치운 뒤 시계 상자를 내려놨다.

사진을 찍으려니 유리 뚜껑의 빛 반사를 피할 수가 없었다. 뚜껑을 열어보려고 해도 개폐 방식을 몰랐다. 쇠붙이 같은 게 있을까 싶어 상자의 입면을 들여다보는데 상자에 새겨진 문양이 흥미로웠다. 색이 다른 나무를 새겨 넣는 상감기법으로 세공한 걸 보면 이 상자는 꽤 고급품이다.

상자를 열 방법을 찾지 못한 지은은 촬영을 포기하고 시계를 스케치했다. 내친김에 시계 세트 등장 시 쓸 조명 콘티까지 짰다. 막혔던 부분이 해결되니 기분이 좋아져서 숨을 돌리고 있는데 돌연 눈에 들어오는 것이 있었다. 상자 앞면 중심에 새겨진 나비 상감 외곽선을 따라 미세한 틈이 나 있었다. 혹시나 하고 양손의 엄지를 나비 문양에 대고 눌러봤다. 순간, 박혀 있던 나비가 쑥 튀어나왔다. 나비가 빗장을 푸는 버튼이었던 것이다. 상자는 딸깍, 소리를 뱉어내며 뚜껑을 여미고 있던 힘을 풀었다. 지은은 누워있는 시계를 손바닥에 올렸다. 소박하면서도 아름다운 주물품이었다. 숫자판은 간결했고 음각으로 새겨진 장식에는 절제가 있었다. 정성껏 만든 공예품의 무게감이랄까. 그런데 시계를 손에 쥐는 순간부터 정체를 알 수 없는 감정이 북받쳐왔다. 찰나에 휘몰아치는 격정이었다. 마음을 건드리는 노래를 듣고 있을 때처럼 꼼짝할 수 없는.

지은은 느닷없는 감정 기복을 떨쳐내려고 몸을 움직였다. 쌓아둔 종이 뭉치를 공연히 뒤적거리다 손에 잡히는 걸 집어들었다. 한유의 대표 시가 적힌 인쇄물인데, 한쪽에 사진도 있었다. 교복을 입고 정면을 응시하는 사진. 시대를 설정해 찍은 아이돌 스타의 사진 같았다. 비범한 예술혼에 걸출한 외모까지, 수많은 여자를 설레게 했을 문학청년 한유.

지은은 무심히, 적혀있는 시를 중얼거렸다.

걸음을 서 버리는 까닭은……

시 한 줄을 읽자 다른 곳으로 이동한 듯했다. 현실의 창밖은 도시의 여름밤이지만 순식간에 안개 자욱한 둑길, 별빛 반사하는 강가, 바람이 풀 눕히는 들판에 휩싸여버린 기분이 들었다. 그리고 거기에, 사랑을 잃고 신음하는 청년이 비척거리며 걷고 있었다. 지은은 감수성에 취한 기분이 싫지 않았다. 적막한 공기 속, 시계의 유리판을 손끝으로 쓰다듬으며 마지막 행까지 읽어내렸다. 어느새 지은은 막연한 동경에 흠뻑 젖어들었다. 한유의 시가 가진 힘이었다. 그래서였다. 눈앞의 남자를 보며 환영인 줄 안 것은.

얼마쯤 걸렸을까. 야근으로 피로에 절었던 눈이 휘둥그레지기까지. 눈앞에 있는 존재가 환영이 아니라는 걸 깨달은 순간, 지은은 그대로 얼어버렸다. 남자의 목소리가 날아왔다.

"설마, 제가 보입니까?"

08

눈길을 달리는 인력거꾼이 뿌얀 입김을 쏟아냈다. 인석은 발이 시린 것도 모르고 걸음을 재촉했다. 골목을 돌자마자 눈에 들어오는 화신백화점. 영임은 백화점 외벽에 등을 기대고 서 있다. 입김으로 손을 불어대고 언 발을 구르면서. 인석은 한달음에 달려가 영임의 손을 잡았다.

"너무 차다! 장갑 좀 끼고 다니지!"

영임은 두 손을 인석 앞으로 내밀었다.

"녹여줘."

인석이 손을 감싸고 문질러주자 영임의 입가가 배시시 벌어졌다. 활짝 웃을 때 드러나는 하얀 치아를 볼 때마다 인석의 가슴은 뜨거워진다.

"인석씨 손은 어떻게 이리 늘 따뜻해?"

인석은 말하지 못했다. 전차 삯을 아끼기 위해 걷고 뛰느라 체온 떨어질 새가 없다는 사실을. 가난의 속살을 드러내기엔 그는 너무 젊으니까.

　나란히 명동을 향해 걷는 동안 바람이 눈발을 실어
와 흩뿌려댔다. 대폿집 유리문에는 뿌연 김이 서려있었
다. 가게로 들어서자 빈대떡 냄새가 훅 끼쳐왔다. 미리
와서 기다리던 수찬이 가방을 치우고 자리를 내주며 이
죽거렸다.

　"왜 이리 늦었어? 혹시 나만 빼놓고 둘이 연애 행각
벌이다 온 것 아닌가?"

　인석은 그저 웃고 마는데 영임은 굳이 응수한다.

　"결과물도 이렇게 가지고 왔는데, 날이 날이니만큼
좀 봐줘. 연애 좀 하자고."

　영임은 제 가방을 툭툭 두드리며 능청을 떨었고, 인
석은 쑥스러운 기색을 내비치며 영임의 말을 잘랐다.

　"만나자마자 곧장 오긴 했는데, 내가 늦는 바람에."

　영임은 장단을 깨버리는 연인에게 눈을 흘기고, 그
모습을 흘끗 본 수찬은 화제를 돌렸다.

　"대본은?"

　영임은 가방에서 종이 뭉치를 꺼내놓고 한시름 놓았
다는 듯 숨을 내쉬었다.

　세 사람은 교내 연극부에서 만났다. 그들이 입학한

1947년, 시국은 어지러웠다. 좌파와 우파로 나뉘어 깃발을 흔들어대던 극예술 단체들에 거부감을 가졌다는 공통점으로 세 사람은 가까워졌다. 그들은 그저 무대에 붙들렸을 뿐 이념에는 관심 없었다.

수찬은 연출, 영임은 극작, 인석은 연기를 좋아했다. 인석은 유년 시절 악극단 구경을 간 일이 있었다. 소읍의 교사였던 삼촌이 데려갔다. 공연을 보는데 숨이 차고 가슴이 두근거렸다. 내면의 북소리를 다시 듣게 된 건 대학에 들어와 접한 입센과 체호프의 번역극 공연에서였다. 인석은 교내 연극단체를 찾아갔고, 거기서 수찬과 영임을 만났다. 그렇게 어울려 지낸 것이 3년째로 접어들었다.

세 사람은 6월에 있을 대학예술제 준비로 마음이 바빴다. 본래의 계획은 번역극을 올리는 것이었는데, 연출을 담당한 수찬이 방향을 틀었다. 수찬은 희곡에 열정을 바치고 있는 영임에게 기회를 주고 싶었다. 수찬이 창작극 공연 결정을 내자 영임은 날아갈 듯 기뻐했다. 여러 달 여러 날 밤을 지새우며 대본을 써냈고, 그 결과물이 현재 세 사람 앞에 있는 것이다.

수찬은 대본의 마지막 장을 덮으며 고개를 들었다.

영임의 긴장된 얼굴이 수찬의 대답을 기다리고 있었다.

"하자! 이걸로."

영임은 환희에 차서 탄성을 내지르고는 재차 물었다.

"정말이지? 정말 내가 쓴 걸로 하는 거지?"

수찬은 웃으며 고개를 끄덕였다.

"김영임 필력, 진작에 알아봤지, 내가. 잘 썼다, 정말."

영임은 기쁨에 찬 얼굴로 인석을 돌아봤고, 인석도 만족스러운 표정으로 웃어주었다.

"그런데 말이야."

수찬의 손가락이 상 위를 가볍게 두드리자 영임의 얼굴이 다시 굳었다. 수찬은 실눈을 만들어 영임을 쏘아봤다.

"이 주인공, 딱 인석이를 염두에 둔 것 같다?"

영임은 그제야 긴장이 풀려 오만하게 받아쳤다.

"그러면 좀 어때. 어차피 인석씨가 주인공일 텐데. 나는 대본을 쓰고, 인석씨는 그걸로 무대에 서고. 그렇게 사는 게 내 꿈이라오."

"그럼 나는? 나는 안 껴줘? 연출도 있어야 하는데?"

"물론 수찬씨가 빠질 순 없지. 하지만 조건이 있어."

"무슨 조건?"

"연극하는 사람들은 배고프니까 수찬씨가 물주 해."

"아니, 왜 내가?"

"당연한 걸 뭘 물어. 수찬씨네 집이 제일 부자잖아."

"하여간 뻔뻔하다니까!"

수찬의 핀잔에 영임이 깔깔대고 웃었다. 수찬은 탁주를 들이켠 뒤 주발을 내려놓으며 말했다.

"참, 인석아. 상과대학에 한중필, 얘기 들었어?"

한중필. 인석이라고 딱히 가깝게 지내는 사이는 아니었다. 수업을 같이 들은 적이 있어서 알게 되었고, 교정에서 마주치면 안부를 나누지만 어울려 지내는 친우는 아니다.

"한중필 얘기 어떤 거?"

"그 친구 어제 연행됐대."

"뭐? 왜?"

"학생회 감찰부원이 화장실에 갔다가 한중필이 가방에서 삐라 꺼내놓는 걸 현장에서 잡아냈다더군. 즉시로 형사한테 알려서 검거했다던데. 한중필이가 남로당원인 모양이야."

지난해부터 교내 좌익에 대한 제재가 강해지기 시작했다. 감시하는 눈들이 많아졌고, 공개된 이념 활동이 곤란해진 것이다. 교정을 오가는 누군가는 좌익이고, 누군가는 감찰부원일 수 있다. 감찰부원에게 적발된 좌익 학생은 구속된다.

인석은 인우를 떠올릴 수밖에 없었다. 인석은 갑갑한 마음에 술병을 들다가 술이 빈 걸 알아차렸다. 한 병을 더 시키려는데 남은 돈 생각을 하니 비참해졌다. 목돈 들어가는 등록금이나 하숙비보다, 이따위 사소한 것들에 더 체면이 상하는 것이다. 하필 술병이 비었을 때 손을 댄 것이 후회되었다. 수찬이 인석의 행동을 못 본 척하며 외쳤다.

"여기, 탁주 한 병 더요!"

09

　새벽 수영장은 텅 비어있었다. 상원은 레인 끝에서 반대편 끝까지 여러 번 왕복하고는 물 위에 몸을 눕혔다. 스스로 일으킨 물살에 실려 몸이 흔들리자 상원은 눈을 감았다. 일렁이는 수면을 기준으로, 상원은 현재와 과거를 흔들흔들 드나든다.

　"이렇게 계속 떠 있으면 어디까지 가게 될까?"

　윤희. 윤희의 말이 이명을 가로지른다.

　"중간에 가라앉지만 않는다면 바다까지 떠밀려가겠지? 구례 지나고, 하동도 지나고, 광양만을 거쳐서 여수 앞바다로."

　상원과 윤희는 오래전 그 강 위에 드러누워 있었다. 스무 살의 열기에 젖어 서로를 탐닉하느라 에너지를 아끼지 않을 때였다. 누가 먼저랄 것도 없이 흥분에 들떠 계획한 둘만의 여행이었고, 지리산을 끼고 반도를 종단해 남해안을 훑고 오는 여정이었다. 저만치 보이는 철교 위에서 기차가 요란한 소리로 울며 지나갔다. 상원은 강 위에 누운 자신들의 모습이 동반 자살한 연인의 주검처럼 보일지도 모른다는 생각이 들었다.

"좋다…… 시체놀이."

상원이 중얼거리자 윤희가 못마땅하다는 듯 반격했다.

"기왕이면 신선놀음이라고 하지. 시체가 뭐야."

수면 바깥으로 반쯤 나온 상원의 얼굴에 빙그레 미소가 퍼졌다.

"물귀신이라도 나타나 끌어당길까 봐?"

"그만해. 무서워."

윤희가 벌떡 몸을 일으켜 세웠다. 그 바람에 철썩 튄 물이 상원이 얼굴에 뿌려지는가 싶더니 두 사람은 어느새 서로에게 엉긴 상태로 허우적거렸다. 윤희의 허리를 끌어당기려고 팔을 뻗은 상원이 중심을 잃는 바람에 둘 다 물속으로 처박힌 것이다. 잠시 후 물 밖으로 고개를 내민 윤희는 울상이 됐다.

"놀랐잖아!"

"뭘 그렇게 놀라? 깊지도 않은데."

"떠 있느라 물이 얼마만큼 깊은지도 몰랐단 말이야. 물살 때문에 더 깊은 곳으로 흘러갔을 수도 있고."

"그렇게 불안하면서 어떻게 그러고 누워있었어? 진짜 바다로 갔으면 어쩌려고."

윤희는 공포를 지우고 상원의 목에 팔을 감았다.

"문상원이 옆에 있는데 뭘."

머리 위에서는 7월의 태양이 이글거렸다. 상원은 물기로 반짝거리는 윤희의 이마에 자신의 이마를 댔다. 물속에 잠겨있던 윤희의 다리가 상원의 허벅지를 감았다. 일상 전체가 열정으로 들떴던 때였다.

집은 아침부터 후덥지근했다. 상원은 에어컨을 틀어놓고 콜라를 땄다. 콜라를 마시며 캘린더 앱을 정리하는데 형수에게서 문자가 왔다. 곧 출발할 테니 11시쯤이면 도착하리라는 내용이었다. 진료 시간에 맞추려면 오전 중에 도착해야 하니 형수와 할머니는 아침 일찍 서둘렀을 것이다. 전날 청주로 내려간 형수는 할머니를 상원에게 모셔온 다음 친정에 데려다놓은 아이들을 픽업하러 갈 것이라 했다.

할머니의 무릎 통증이야 어제오늘 일은 아니지만 얼마 전부터 부쩍 맥을 못 추고 있다고, 할머니의 이웃이 형 상진에게 연락을 해왔다. 상진은 인맥을 통해 신속하게 대학병원 진료 예약을 잡아냈다. 상원은 할머니가 아픈 걸 진즉에 알아채지 못해 괴로웠다. 할머니 손에 자란 처지인데 면목이 없었다.

냉장고를 채우려면 마트에 다녀와야 했다. 먹을 게 별로 없었다. 엘리베이터를 타고 1층 로비에 내렸는데 여자아이 둘이 뛰어와 열린 엘리베이터로 돌진했다. 둘 다 막대사탕을 입에 물고 있었다. 포도 사탕 냄새가 훅 끼쳐왔다. 상원은 코를 찡그리면서도 머릿속 쇼핑리스트에 새겨 넣었다. 할머니가 좋아하는 양갱도 사올 것.

10

시계는 인석의 대학 입학을 앞두고 모친 송씨가 쌈짓돈을 털어 사온 것이었다. 차르르 늘어지는 줄이 아름다우나 인석의 처지에 어울리지 않는 고가의 물건이었다.

"훤하기도 하지, 우리 아들."

입학 전날 밤, 모친의 성화에 못 이긴 인석은 다시 한번 교복을 꺼내 입어 보였다. 송씨는 눈가를 훔쳐냈다.

"좋아서 그래. 좋아서."

현해탄을 오가며 청과물 유통업을 하던 남편은 해방 후 조선행 배를 타지 않았다. 남편은 일본 여자와 새살림을 내고 쌍둥이를 낳은 후 새 가족사진을 본가로 보내왔다. 송씨는 두 아들을 데리고 목포를 떠나 수원으로 갔다. 조선총독부가 지어놓은 농업관청을 중심으로, 수원 지역 일대에 논과 밭이 흔하던 시절이었다. 송씨는 친정의 과수원 일을 거들며 형제를 키웠다. 첫째 인우는 학업에 관심이 없어 밖으로 나돌다 외숙부의 눈에 났지만 둘째는 공부를 잘해 대학에 진학하게 된 것이다.

시계 주인인 인석보다 시계를 더 아낀 건 영임이었다. 영임은 걸핏하면 인석의 주머니에서 시계를 꺼내 만지작거렸다. 인석의 교복 주머니 바깥으로 비죽 늘어진 줄을 조심스레 당긴 다음 천천히 시계를 꺼내는 영임의 동작과 손길. 그것이 일으킨 에로틱한 파문에 대해, 영임은 알고 있었을까.

종로 거리에서 전차를 기다리고 있을 때였던가. 영임은 시계 표면을 손가락으로 훑다가 말했다.

"인석씨한테 잘 어울리는 물건이야. 귀공자 같아."

귀공자라니. 인석은 문득 궁금했다. 어머니는 영임을 마음에 들어 할까. 그러나 진짜 문제는 자신이었다. 암만 생각해도 여식을 대학까지 보내 가르치는 집안에서, 아비도 없이 어렵게 자란 자신을 사위 삼고 싶어하진 않을 것 같았다. 심경이 복잡해진 인석의 마음을 알아차린 걸까. 영임은 공연한 응석으로 인석의 마음을 누그러뜨렸다.

"나중에 결혼하면 이 시계, 나 줄 거야?"

"나한테 시집오려고?"

"당연하지!"

인석은 가슴이 달아올라 영임의 손을 끌어당겼다. 그리고 천천히, 두 사람의 애송시를 읊었다.

　걸음을 서버리는 까닭은

　서너 걸음 안개 건너편

　한 폭 그림자 흔들리고 있음이오

영임의 얼굴에 미소가 피고, 이내 두 사람의 목소리가 포개졌다.

11

병원에서 돌아오는 동안 영임은 아무것도 물으려 하지 않았다. 병의 진행 경과로 보아 통증을 오래 참고 있었나 보다는 의사의 말이 상원의 귓전에서 맴돌았다. 영임은 차창으로 보이는 한강을 물끄러미 바라보다가 넌지시 물었다.

"집으로 바로 가는 거야?"

"왜 할머니? 어디 가고 싶어?"

"아니, 그냥."

상원은 룸미러로 영임을 흘끔거리며 물었다.

"밖에서 저녁 먹고 들어갈까?"

"그러든가."

영임의 대답은 긍정도 부정도 아니었지만 어조에 반색이 담겨있었다.

"뭐 드시고 싶어?"

목적지에 따라 곧 노선을 정해야 했다. 집 근처로 가

거나, 음식점 선택의 폭이 비교적 다양한 번화가로 가거나. 그런데 영임이 의외의 제안을 했다.

"어디 분위기 좋은 데 좀 데려가다오."

"분위기?"

"아, 그 왜 케이크도 팔고 비싼 커피도 팔고 그러는데 있잖아. 음악도 나오고."

상원은 홍차와 케이크가 놓인 쟁반을 영임 앞에 놓아주며 생색을 냈다.

"프랑스에서 유명한 디저트래."

단 걸 즐기는 영임은 만족스럽게 웃으며 포크를 들었다. 상원은 눈치 채이지 않도록 주의하며 영임의 손가락 움직임을 살폈다. 신체의 부분들이 단계적으로 기능을 할 수 없게 될 거라는 진단이 마음속에서 덜거거렸다.

"맛있어, 할머니?"

"맛나네. 이 케이크는 이름이 뭐니?"

"몽블랑."

"하얀 산이로구나. 눈 덮인 산."

눈 덮인 산. 상원은 슈거 파우더를 뒤집어쓴 케이크를 보며 영임이 한때 불문학도였다는 사실을 떠올렸다.

상원은 케이크를 우물거리는 영임을 보고 있다가 불쑥 말했다.

"청주 집 정리하고 나랑 살아, 이제."

"왜?"

"거기서는 병원 다니기도 멀고 그렇잖아."

"청주에는 병원이 없니?"

"그게 아니라, 형 덕 보려면 아무래도 서울 병원으로 다니는 게 편하니까 그러지. 의사 손주 뒀다가 얻다 쓰게?"

"나 죽는대?"

"에이, 참!"

상원의 언성이 높아지자 건너편 테이블의 중년 여자들이 쳐다봤다. 영임은 돌연 풀이 죽어서 중얼거렸다.

"갑자기 어떻게 서울로 이사를 해, 늙은이가."

"뭘 복잡하게 생각해. 그냥 대충 옷만 싸가지고……"

전화기가 진동하는 바람에 상원의 말이 끊겼다. 케이크 접시에 걸쳐놓았던 포크가 접시와 마찰음을 만들어냈다.

'생각 좀 다시 해봤어?'

지난번 만난 이후로 네 번째였다. 매번 다른 표현으로 물어오긴 하지만 메시지는 같은 것이다. 짤막하게도 거절하고, 장황한 핑계도 대봤지만 윤희는 집요했다. 윤희를 다시 만난 게 활력을 준 건 사실이었다. 이유야 어떻든 재회를 하고 보니 마음이 일렁이기도 했다. 뮤지컬 이야기만 아니라면 상원도 윤희의 연락을 피하고 싶진 않았다.

문자에 응답하지 않자 재깍 전화가 왔다. 기다리는 것을 싫어하는 윤희 성격 그대로였다. 윤희는 거두절미하고 본론으로 들어갔다.

"남자주인공이 안 정해져서 사면초가야."

"몇 번을 말해. 난 못해."

"왜 못해? 콘서트는 하면서."

"콘서트 때 내가 하는 퍼포먼스라곤 기껏해야 기타 치고 곡 사이에 멘트 몇 마디 하는 것뿐이야. 너도 내 음악 들어보면 알 거 아냐. 뮤지컬처럼 극적인 무대를 보여줘야 하는 곡들이 없어. 난 그런 연극적인 기질이 있는 사람이 아니야."

"자신을 모르고 있다는 생각이 든 적은 없어?"

상원은 상대의 내면을 뚫어본다는 듯 억지를 부리는 윤희가 어이없었다.

"미안해. 윤희야, 나 이제 이동해야 해서."

상원은 불현듯 눈이 떠져 일어났다. 헤드셋을 쓴 채로 영화를 보고 있다가 잠이 들어버린 것이다. 영화를 재생하던 태블릿은 절전모드가 되어 졸고 있었고, 창밖은 짙고 푸르스름했다. 헤드셋을 벗고 일어났다. 욕실로 가려고 방을 나서는데 베란다 앞에 어슴푸레한 윤곽이 웅크리고 있었다.

"깜짝이야!"

상원의 호들갑에 영임이 고개를 돌렸다. 영임의 주름진 얼굴 반쪽에는 일출 직전의 미명이, 나머지 얼굴 반쪽에는 실내의 어둠이 드리워져 있었다. 시종 같은 길이를 유지했으며 파마약 한 번 발라본 적 없는 은백의 머리카락이 두상 윤곽을 따라 정돈되어 있었다.

"늙은이들이야 새벽잠이 없잖어. 넌 왜 벌써 깼어?"

영임이 손짓을 했다.

"이리 와 좀 앉아봐."

상원은 영임 옆으로 가서 주저앉았다. 건너편 공원에 희붐한 안개가 깔려있었다. 곧 아침 해에 쫓겨날 어둠이 연못 주위에 고여 있었다.

"상원아."

상원은 대답 대신 하품을 하며 할머니를 돌아봤다.

"아직도 네 엄마가 미워?"

이럴 때다, 바로. 가슴속 돌덩이가 덜그럭 움직이는 것은. 이렇게 기습적으로 맞닥뜨리면 도리가 없다.

"갑자기 그런 걸 왜? 새벽 댓바람부터."

상원은 베란다 쪽으로 고개를 돌렸다. 자연스럽지 않고, 회피할수록 내심은 더 뚜렷하게 드러나는 걸 알지만 반사적으로 돌출되는 버릇이라 어쩔 수 없다.

"언제 정붙이고 살아봤어야 밉기도 하고 좋기도 하고 그런 거지."

안개에도 흐름이 있는 걸까. 연못 한 귀퉁이의 안개가 조금씩 움직이고, 동쪽 하늘이 미세하게 밝아지고 있었다. 영임은 헛기침으로 목소리를 가다듬은 뒤 서두를 뗐다.

"너한테 부탁할 게 두 가지 있어."

"할머닌 욕심도 많아. 뭔 부탁을 한꺼번에 두 가지나 해? 겁나게."

상원은 영임의 목소리에 담긴 무게감을 너스레로 뭉그러뜨리려 했다.

"잘 들어둬. 할미 이제 오래 못 사니까."

"그런 말을 왜 해, 또!"

"큰소리 내지 마, 이 녀석아. 당장 죽을병 아닌 거는 나도 알아. 명줄 얼마 남지 않은 늙은이란 얘기야. 게다가 사지를 차차 못 쓰게 되는 병에 걸렸으니 사람답게 살날도 얼마 남지 않았고."

상원의 눈동자가 흔들렸다. 자신을 아껴주는 단 하나의 존재가 세상에서 없어져버린다는 것은 어떤 일일까.

"그래서 말인데……"

상원은 마른침을 삼켰다. 듣기 거북한 이야기가 나올 거라는 예감이 들었다.

"용서하면 안 되겠니?"

"용서하고 자실 것도 없다니까!"

"상원아."

"아, 뭐어!"

"너를 위해서야. 더 이상 마음에 짐 얹어두고 살지 말라고. 할미 세상 떠나고 나면, 그래도 네가 마음 붙일 곳은 그곳이다. 넌 살날이 많이 남았잖니."

상원은 고개를 돌려버렸다. 엄마라는 어휘를 극복하지 못하는 자신에게 신물이 나는 것이다.

"알았어요."

영임은 별 내색 없이 입을 닫았다. 손주의 대답이 건

성인 줄 알면서도 종용하려 들지 않았다. 설득은 차차 하면 되니까. 권유한 적 없는 일을 이제 와서야 행하려는 건데 단번에 될 리가 없지 않은가.

"그리고 또 하나."

상원은 짜증이 밴 얼굴로 영임을 쳐다봤다. 이미 심란해진 손주의 마음을 모르지 않을 텐데도 영임은 거침이 없었다.

"아까 전화로 부탁받은 일 말이야. 뮤지컬인지 뭔지 하는 그거. 해보면 어떻겠니?"

상원이 뜬금없어하자 영임이 되물었다.

"시인 한유 역할이라 그러지 않았어?"

상원은 어떻게 아느냐고 물으려다가 그만뒀다. 카페에서 윤희와 통화할 때 영임이 듣고 있었다는 걸 기억한 것이다.

"나는 우리 상원이가 그 공연 해봤으면 좋겠는데."

"왜?"

"그냥."

상원은 말을 더 잇지 못했다. 영임의 표정에서 배어나는 낯선 기운 때문이었다. 안개 속에 윤곽을 숨긴 새벽처럼 아스라한 것.

12

영임은 부러뜨린 솔잎에 코를 대고 향을 들이마셨다.

"그럼 여기다가 극장 지으면 되겠네."

수찬은 어림없다는 표정이다.

"그러면 우리 아버지, 날 호적에서 파내실걸. 안 그래도 연극부 활동 탐탁지 않아 하시는데."

"그럼 여기를 무슨 용도로 쓰시려는 거야?"

수찬은 바닥에 떨어진 솔방울 하나를 집어들어 공중에다 대고 힘껏 던졌다. 솟아오른 솔방울은 허공의 한 지점을 찍고는 수찬의 손바닥 안으로 되돌아왔다.

"신문사를 옮길 것 같은데 나무가 너무 많아서 원."

주변은 온통 소나무였다. 세 사람이 깔고 앉은 너럭바위 주변만이 그나마 빈터였다. 신문사 건물을 세우려면 나무를 꽤 베어내야 할 것이다.

"그럼 종로에 있는 사무실은?"

인석이 묻자 수찬의 표정이 어두워졌다.

"거기서 고초를 많이 겪으셨잖아. 자리도 좁고, 장소를 바꾸고 싶어 하시는 것 같아."

수찬의 아버지가 유학을 마쳤을 무렵 조선은 식민지 유화 정책으로 그나마 살만했던 1920년대였다. 신문 잡지 출간이 쇄도했고, 출판인이 되고자 했던 그도 시대의 바람에 실려 꿈을 이루었다. 월간 《여울목》이 발간되기 전날 밤, 그는 잠을 이루지 못했다. 일제 치하에서 간행물을 낸다는 것은 까다로운 일이었다. 읽을거리가 많지 않던 때라 금세 독자가 생기는 호시절이기는 했다. 트집 잡힐 만한 사상만 내보이지 않으면 되었다. 《여울목》은 한동안 선전했다. 실린 글들의 색조가 변할 때까지는 그랬다. 급증하는 독자들에 고무된 것이 발행인의 용기에 부채질을 한 것일까. 문화예술에 치중했던 《여울목》은 조금씩 목소리를 내기 시작했다. 일경은 종로의 사무실로 들이닥쳐 발행인을 연행해갔다.

구치소에서 풀려난 후, 그는 사무실을 닫고 두문불출했다. 방안에 틀어박혀 끝도 없이 책을 읽었다. 그것이 그가 시대를 망각하는 방편이었다. 반년 가까이 그러고 있던 그는 어느 날 책들을 전부 모아 광에다 쓸어

넣고는 저녁 밥상 앞에서 선언했다.

"내일부터는 가게로 나갈게요."

날개 꺾인 젊은 아들이 사람 구실을 못 하게 되나 싶어 마음 졸이던 부모는 안도했고, 그것을 시작으로 조씨 집안의 가업에도 두 번째 전성기가 왔다. 포목 사업은 조씨 부자의 동물적 감각으로 거대한 활황을 탔다.

해방이 되자 강제 폐간되었던 신문과 잡지들이 속속 재간됐다. 불혹의 나이가 된 그의 심장이 또다시 불뚝거렸다. 식솔들을 거두는 일은 이미 포목점에서 벌어들이는 소득만으로도 충분했다. 그는 설비를 갖추고 기자들을 소집했다.

《여울목》의 재간을 반긴 독자층이 있었지만 잠깐이었다. 해를 넘기면서 판매 부수가 신통치 않았다. 아무리 필력 좋고 의욕 넘치는 기자를 뽑아놓아도 빼앗기기일쑤였다. 풍파를 겪지 않았던 신문사들은 해방 이후에도 여세를 이어가며 언론계의 주류로 자리를 굳혔다. 신생 언론사들이 따라잡기는 애당초 무리였다.

수찬은 아버지를 보면서 배웠다. 현실을 조명한다는 일이 얼마나 미덥지 않은 환상인지. 차라리 소설이, 차라리 연극이, 꾸며낸 이야기가 진실이었다. 글이나 극으로 엮은 인간사의 개연성에 더 신뢰가 갔다. 그러나 연극에 정신이 팔린 자식을 달가워하는 부모가 흔치 않기는 그 시대도 마찬가지여서, 수찬의 아버지도 별수 없었다.

"조명 아래에서 벌어지는 한나절 꿈같은 거짓말이지. 그게 그리 좋으냐?"

수찬은 아버지의 비아냥이 못마땅했다.

"거짓말은 오히려 현실이죠. 벌 받을 자가 상을 받고, 상 받을 자가 벌을 받는 실제 세상이요. 잘 아시잖아요."

수찬이 언론에 냉담한 것은 당연했다. 그런데도 부친이 또 신문사를 세우려 하니 이해할 수 없는 노릇이었다.

"미련을 떨치지 못하셨구나."

인석의 말에 수찬은 한탄으로 답했다.

"꿈이란 그리 쉽게 접어지는 게 아니라니, 뭐."

청명한 바람이 소나무들을 훑고 지나갔다.

모두가 숙연해졌다.

13

지은의 얼굴은 회벽처럼 하얗게 질렸다. 당황스럽기는 인석도 마찬가지였다. 어떻게 산 사람의 눈에 자기 모습이 보이는지 알 수가 없었다. 70년 가까운 세월 동안 한 번도 일어난 적 없는 일이었다. 무대에 선 배우의 몸을 드나들어도 인석을 본 사람은 하나도 없었다.

인석은 얼어붙은 여자를 안심시키고 싶었다.

"당신을 해칠 생각 없고, 아무 짓도 하지 않습니다."

소용이 없었다. 인석이 말을 하면 여자의 얼굴에는 더욱 짙은 두려움이 서렸다. 인석은 서글펐다. 자신이 무해한 사람이라는 것을 증명할 길이 없었다.

그때였다. 미술실 문이 벌컥 열리더니 빛줄기 하나가 쏟아져 들어왔다.

"아니, 아직 계셨어요?"

경비의 손전등 불빛에 여자의 눈이 깜빡였다. 기회

였다. 인석은 순식간에 몸을 놀려 벽 너머로 이동했다. 복도로 나와 부리나케 극장으로 갔다. 짙푸른 벨벳 막으로 배를 가린 무대가 있는 곳으로. 인석은 막을 통과해 무대 뒤로 숨어들었다. 누군가를 겁먹게 하고 싶지 않았다. 무대 후면 공간에 공연 집기들이 쌓여있었다. 조명기구들 사이, 적당한 지점을 발견했다. 방수포까지 덮여있어 숨기엔 안성맞춤이었다. 인석은 협소한 공간에 들어앉아 곱씹어봤다. 대체 어떻게 그 여자의 눈에 보이게 된 걸까.

14

"집안에는 없는 것 같습니다. 경장님."

경찰들은 집안을 죄 뒤지고는 김장독 뚜껑까지 열어 봤다.

"아주머니. 이러면 아주머니하고 둘째 아들도 변을 당할 수 있어요. 어디로 갔습니까, 차인우?"

"모른다니까요."

인석의 대학 입학 며칠 전, 인우가 집에 들렀다. 밥을 먹고 난 인우는 방에 걸린 인석의 교복을 보더니 어색한 웃음을 흘렸다.

"그래. 둘 중 하나는 배워서 집안을 일으켜야지."

인우는 늘 밖으로 나돌면서 가끔 집에 들렀다. 인석이 대학에 들어가고 난 후부터는 얼굴 보기가 더 힘들어졌다. 집에 들러 밥을 먹고 낮잠을 자고 갈 때도 있으나 인석이 집에 있을 때와 겹치는 적은 드물었다.

경찰은 남로당원인 인우를 찾겠다고 집안을 쑥대밭으로 만들어 놨다. 경찰들이 떠나자 송씨가 인석을 앉혀놓고 숨죽여 말했다.

"인우, 지리산으로 들어간 건 아닌 모양이야."

"그러면요?"

"내가 알면 더 위험해질 거라며 말은 하지 않아."

인석은 화가 났다. 식구들은 안중에 없이 제 이상만 좇는 형의 무모함이 지긋지긋했다. 이어지는 어머니의 말도 점입가경이었다.

"네 형, 북으로 보낼 작정이다."

"어머니!"

"목소리 낮춰라! 인우, 어차피 이제 남쪽에서는 못 살아. 언젠가는 잡히게 되어있어. 너도 알잖니. 붙들리면 어떻게 되는지."

이를 앙다물고 있던 송씨는 끝내 눈물을 참지 못하고 눈가를 찍어냈다. 인석은 흉문들이 어머니를 얼마나 괴롭히고 있을지 알았다. 얼마 전 마을 청년 하나가 광교산으로 끌려가 목을 잘린 참이었다. 박헌영은 이북을 할 게 아니라 남쪽에 남아 지도자가 되었어야 한다고 말했던 게 화근이었다. 송씨는 애끓는 한숨을 거듭 토해내면서 뚫어져라 바닥을 응시했다. 되도록 아들의 생사에만 고뇌의 초점을 맞추려는 듯. 인석이 말했다.

"요즘 삼팔선 근처에선 양쪽 군인들이 부딪쳐 싸우는 일이 많아 총소리가 허다하다던데요."

송씨는 시선을 바닥에 둔 채 중얼거렸다.

"내일, 파주로 가서 며칠 있다 올 예정이다."

인석은 좀처럼 잠을 이루지 못하고 뒤척였다. 어머니와 형이 세운 계획에 대해 고민해봤으나 결론을 내릴 수가 없었다. 어머니가 하려는 일이 끔찍하면서도 한편으로는 가련했다.

인석은 천장을 보고 누웠던 몸을 모로 돌렸다. 베갯속 쌀겨가 바스락거렸다. 광목에 밴 땀 냄새를 맡으니 어린 시절 한때가 떠올랐다. 인우는 인석의 파수꾼이었다. 동생이 맞고 들어오면 득달같이 달려나가 그대로 갚아주었고, 성난 개에게 쫓기던 인석을 보호하다가 대신 물려 정강이 살을 뜯긴 적도 있었다. 인우가 대청마루에 앉아 할머니의 응급처치를 받는 동안 인석은 어머니 품에서 울어댔다. 숙모들은 환부를 싸맬 헝겊이며 옥도정기를 가져오느라 법석을 떨었고, 인석은 어머니의 가슴에 코를 박고 더 크게 울었다.

인석은 동이 트자마자 어머니 방으로 건너갔다. 한 숨을 못 잤는지 송씨의 눈동자가 벌그스름했다.

"제가 갈게요. 여자가 할 수 있는 일이 아니에요."

송씨는 공부만 하던 인석에게 험한 일을 시키고 싶지 않았지만 인석이 물러서질 않는 통에 결국 백기를 들었다.

아궁이에 밥을 안치고 망연자실 앉아있던 송씨가 부스스 일어나 부엌문을 걸어 잠갔다. 송씨가 찬장 뒤를 더듬으니 무언가 툭 떨어져 내렸다. 종이로 싼 뭉칫돈이었다. 송씨는 인석에게 돈을 건네며 일렀다.

"일 처리하고 나서 도와준 사람에게 건네주거라."

인우를 죽은 사람으로 위장시켜줄 시체가 필요하다고 했다. 삼팔선 근처에는 시체가 허다하다는 것이다. 군인들끼리 총질을 하다가, 월북하거나 월남을 하다가 총을 맞고 죽은 이들이라고 했다. 인우는 월북 도중 죽은 사람으로 위장될 것이고, 돈은 시체를 구해줄 사람에게 가는 거였다.

"남로당원들 월북을 도우면서 먹고사는 자라더구나. 인우 말에 따르면 안심해도 된다지만, 또 모르지 않니.

넉넉히 쥐여주어야 훗날이라도 탈이 없겠지. 인우야 가고 나면 그만이라도 우리는 여기서 살아야 하니까."

송씨는 머뭇머뭇하다가 덧붙였다.

"얼굴과 머리카락, 손과 발을 깨끗이 태워야 한다더라. 생김생김을 식별할 수 없어야 인우가 아니라는 걸 알아보지 못한다고."

하늘은 뿌옇고 희끄무레했다. 인석의 머릿속도 그랬다. 익명의 시체에 가할 방화라니, 끔찍했다.

15

"손님이 계신 줄 몰랐어요."

"아냐, 지은아. 안 그래도 부르려고 했는데 잘 왔어."

지은은 윤희의 손짓에 기획실 소파로 가서 앉았다. 문상원의 실물은 처음이었다. 마니아 팬층이 제법 두터운 인디싱어.

"이번 공연 세트, 이 친구가 맡아서 진행하고 있어."

윤희는 상원과 지은을 소개하며 흐뭇해했다. 윤희의 어조만 들어도 문상원이 설득되었다는 걸 알 수 있었다.

"어떻게…… 해결됐어?"

윤희는 전날 지은이 고전하던 부분에 관해 물었고, 지은은 자신도 모르게 배시시 웃고 말았다.

"모형, 가져올까요?"

윤희도 입술을 당기며 미소를 지었다.

"해냈구나? 역시! 다 같이 그리로 가자!"

미술실로 온 상원은 모형을 들여다보며 신기해했다.

"이렇게 미리 만들어 두는 거야, 원래?"

윤희가 놀랍다는 듯 되물었다.

"처음 봤어? 공연 꽤 해봤잖아."

"내가 했던 공연이야 이런 연극적 세트가 들어가는 게 아니었으니까."

지은으로선 처음 듣는 상원의 평소 목소리였다. 조용하고 나른한 어조. 노래뿐 아니라 본래 말투가 그런 듯했다. 윤희도 상원도, 모형을 내려다보다가 점점 시선을 낮추더니 결국 허리를 반쯤 꺾은 자세가 되었다.

"이것 좀 어디다 올려놓고 보자. 아우, 허리 아파."

윤희는 상체를 펴면서 허리를 두들겼다. 지은은 구석에서 낮은 의자 하나를 가져와 테이블 위에 놓고 그 위에 모형을 얹었다. 얼추 눈높이가 맞춰졌다. 윤희는 상원과 나란히 앉아서 모형을 가리켰다.

"잘 봐둬. 저기에, 네가 서는 거야!"

모형 뒤에 선 지은은 상원을 쳐다보다가 눈이 마주쳤다. 지은은 황급히 시선을 피하고 랜턴을 켰다. 건너편에서 모형을 보고 있는 윤희와 상원의 눈동자에 반사광이 맺혔다. 지은은 숨을 깊게 삼킨 다음 입을 열었다.

"1막 1장, 한유의 생모 유씨의 방입니다."

16

지은은 도심을 가로지르기로 했다. 강변북로의 사정이 크게 나쁘지 않다면 그쪽이 오히려 시간이 단축될 것 같았다. 강변로를 달리다 성산대교 근처만 넘어가면 풍경은 한산해진다. 열린 창으로 날아드는 바람이 머리카락을 헝클었다. 지은은 휘날리는 머리카락을 누르며 그 남자를 떠올렸다. 대체 누구였을까. 어째서 순식간에 사라져버린 것일까. 꿈을 꾼 것일까.

제작소에 도착해보니 건물 안팎이 분주했다. 여러 사람이 사방에서 설비들과 크고 작은 도구들을 둘러메거나 맞잡은 채 들고나면서 진땀을 빼고 있었다. 대청소를 하는 듯했다. 사무실로 갔지만 혁수가 보이지 않았다. 지은은 한쪽 구석에서 페인트통을 정리하고 있는 여자에게 말을 붙였다.

"제작소장님 어디 계세요?"

앳된 얼굴의 여자가 더위에 지친 표정으로 대답했다.

"아까 B동으로 가시는 것 같던데……"

B동의 문은 반쯤 열려있었다. 어두운 장소 특유의 퀴퀴한 냄새가 좀 났지만 깨끗이 정리된 곳이었다. 다양한 높낮이의 칸들로 짠 나무 선반들이 적절히 배치되어 있었고, 철제 캐비닛들은 어깨를 나란히 붙이고 한쪽 구석 벽면에 모여 있었다. 연장들도 보기 좋게 정돈이 되어있었다.

혁수가 보이지 않아 밖으로 나가려는데 목공 테이블 옆 바닥에 전동 드릴 하나가 누워있었다. 누군가 사용하다가 급하게 자리를 떴는지 코드가 반만 꽂혀 걸려 있었다. 위험해 보였다. 지은은 드릴을 집어들고 콘센트를 도로 꽂아 넣었다. 전기가 흘러 들어가는 순간 드릴은 용트림하듯 떨며 제 몸 가운데 박힌 심을 회전시키기 시작했다. 지은이 드릴의 소음에 눈살을 찌푸리며 전원 버튼을 찾고 있는데 누군가 어깨를 건드렸다.

"깜짝이야!"

하마터면 드릴을 떨어뜨릴 뻔해 목소리 톤이 튀어올랐다. 돌아보니 혁수였다. 혁수는 지은의 손에서 드릴을 가로채 재빨리 스위치를 껐다.

"너무 놀라니까 미안하네."

"사무실에 안 계셔서. 어디 계셨어요?"

"저 뒤쪽 소각장에 잠깐. 뭐 버릴 게 있어서."

지은은 혁수가 가리키는 지점을 봤다. 연기가 피어오르고 있었다. 두 사람이 A동으로 걸어가고 있는데 소각장에 서 있던 이가 외쳤다.

"이거 다 태워요?"

혁수가 소리쳤다.

"더우면 그만하고!"

"에이, 진작 말씀하시지. 한참 안 보이셔서 계속 불가에 서 있었잖아요. 으아, 더워!"

소각장의 남자는 불을 들쑤시던 나무 막대기를 내려놓고는 셔츠 자락을 까뒤집어 얼굴의 땀을 닦았다. 피식 웃는 혁수를 보며 지은은 고개를 갸웃했다. 혁수 선배, 방금 소각장에 있었다고 하지 않았나?

혁수는 사무실 문을 닫고 에어컨 바람의 강도를 높였다. 냉장고에서 커다란 통을 꺼내 안에 든 음료를 컵에 따라 지은에게 내밀었다.

"아이스라떼."

지은은 혁수가 내민 컵을 받아들고 바깥쪽 눈치를 봤다. 땀을 뻘뻘 흘리며 일하는 사람들을 놔두고 냉방이 되는 방에 들어와 음료를 대접받는 게 좀 미안했다. 혁수가 물었다.

"그래서, 최종안은 다 결정된 건가? 남자주인공 아직 미결이라며."

"어, 아직 모르셨어요? 오늘 부장님 방에 문상원씨와 있던데. 하기로 했대요."

혁수는 아무 말 없이 모형으로 시선을 돌렸다. 지은은 엉거주춤 서서 사무실을 둘러봤다. 작은 책상, 제도대, 소파 세트. 벽에는 액자 하나가 붙어 있었는데, 서너 살쯤 된 어린 소년이 어른 남자의 다리를 잡은 채 남자를 올려다보고 있는 사진이었다.

"아버지하고 사이가 각별하신가 봐요. 사무실에 유일하게 붙어 있는 사진이 아버지와 찍은 것이네요."

"하나밖에 없는 가족이었으니까."

혁수는 모형에 눈을 박고 중얼거리다 화제를 돌렸다.

"그럼 대표님 선에서도 다 승인하신 건가?"

"남자주인공이요?"

"아니. 이거."

혁수의 고개가 모형 쪽으로 까딱 움직였다.

"그건 저도 확실히는…… 부장님께서 일단 여기로

가서 보이라고 하셔서 바로 달려온 거거든요."

혁수는 잠시 생각하더니 곧 두 손을 맞부딪쳤다.

"오케이. 그럼 어디 한 번 제대로 봅시다. 참, 쟤들도 다 우리 아카데미 후배들이야. 알고 있죠?"

지은은 아틀리에 쪽으로 난 사무실 창으로 그들을 바라보면서 고개를 끄덕였다.

"그럴 거라고 생각했어요."

"다 오라고 합시다. 배워야 하니까."

혁수는 사무실 문을 열고는 아틀리에에 흩어져 있는 학생들을 향해 소리쳤다.

"모여봐라, 얼른!"

지은이 세트 부속품들을 꺼내 늘어놓는 사이, 학생들이 하나둘씩 사무실로 모여들었다. 더위에 몸이 달궈진 사람들이 모여들자 사무실 내부는 금세 냉기를 잃고 더운 숨들로 들어찼다. 다들 지은과 모형을 번갈아 바라봤다.

순간, 지은의 심장이 격렬하게 뛰었다. 이것이 정말 무대가 될지 실감이 나지 않았다. 아직은 조부장이 오케이했을 뿐이고, 대표의 승낙이 남아있다. 최고 결정권자를 무시할 순 없으니 안심할 때는 아니었다.

17

　윤희와 눈을 마주친 배우들이 허리를 숙였다. 윤희는 목례와 미소로 답하며 상원에게 설명을 이어나갔다.

　"오래된 건물이라 조금씩 손봐가면서 증축하고 있어. 이 연습실은 소극장 바로 아래쪽에 있어."

　처음 지어진 소극장을 중심으로 한 공간씩 늘어나 지금은 중급 규모의 메인 극장과 미술관까지 추가된 형태가 되었다고 상원도 들은 적 있다. 상원이 무심코 나무 바닥에 발장단을 구르고 있자 윤희가 덧붙였다.

　"바닥은 얼마 전에 새로 깔았어. 색감 좋지?"

　윤희의 얼굴에 자랑스러워하는 빛이 감돌았다. 예전에 사귈 때는 윤희가 극장 이야기를 한 적이 별로 없었다. 상원은 과거와 달라진 윤희가 조금 낯설었다. 6년 전의 윤희가 미대 힙스터였다면, 현재의 윤희는 가업 홍보에 주력하는 이미지 메이커 같다고 할까.

　윤희가 복화술을 하듯 소곤거렸다.

"배우들하고 많이 친해져야 할 거야. 저기 베이지색 민소매, 박우종이라고 뮤지컬 배우인데 혹시 알아?"

윤희의 가리키는 곳에 이마에 일래스틱 밴드를 두른 남자 배우가 있었다. 상원은 고개를 저었다.

"내가 뮤지컬 쪽은 잘……"

"너한테 좀 꼬여있을 거야. 주인공 역 기대했거든. 관계자들 몇이 긍정적으로 고려했는데 나는 반대했어."

"왜?"

"저 친구한테 갈 역으로는 원래 정해진 조연 이외에 생각해본 적이 없으니까. 아무튼 잘 지내도록 해봐. 너랑 같이 대사 치는 장면이 많아."

잠시 후 연출자가 들어왔다. 깐깐해 보이는 이였다. 당장에 상원이 할 수 있는 일은 동선을 따라 움직이며 대본을 읽는 것뿐이었다. 윤희를 포함한 공연 책임자들이 벽 쪽에 앉아서 지켜보고 있었다. 촉박하게 캐스팅된 상원이 흐름에 녹아 들어갈 수 있을까 가늠하고 있는 듯했다.

주인공 남녀의 메신저이자 방해꾼이기도 한 인물, 한유의 친구 혁이 경선을 보면서 애모의 마음을 독백하는 대목이 나올 차례였다. 윤희가 말한 배우가 나올 거라 상원은 긴장했다. 우종이 한 지점으로 걸어가더니 여자 배우를 보며 감정을 잡았다. 단단하고 맷집 좋은 우종의 몸통에서 애절한 목소리가 흘러나왔다.

여전히, 당신은, 한 곳만 보고 있네요

당신들, 사랑을, 지켜만 보는 내 마음

그 바닥, 갈라지는 소리를 당신은 듣지를 못하네요

울림이 큰 우종의 목소리가 좌중을 압도했다. 상원은 지금까지 알고 있던 공연의 세계와는 전혀 다른 곳으로 발을 내디딘 기분이었다. 목소리로 무대에 선다는 공통점은 있으나 이곳은 분명 다른 구역이었다. 상원은 두려움을 느꼈다. 우종이 갖고 싶어했던 주인공 역할을 맡을 자격이 있는지 자신이 없어졌다.

무대 플로어에는 배턴 하나가 내려와 있었고, 몇 사람이 달라붙어 조명을 다는 중이었다. 상원은 다리 막사이에 서서 작업을 지켜봤다. 무대 아래에서 윤희와 지은이 플랜시트를 넘겨가며 상의하는 게 보였다.

잠시 후 지은이 무대로 올라와 세트 쪽으로 다가갔다. 일꾼들은 풀었던 와이어를 다시 조이느라 여념이 없었고, 지은은 작업을 지켜봤다. 일이 끝나자 배턴 주변에 있던 사람들이 물러났다. 지은도 자리를 벗어나고 있었는데, 갑자기 몸을 돌려 몇 발자국을 되돌아갔다. 바닥에 내려놨던 백과 노트를 집어들기 위해서였다. 상원이 윤희를 보느라 잠시 시선을 돌렸을 때였다. 누군가 비명을 질렀다.

"어, 어……"

상원은 고개를 돌렸다. 배턴이 올라가고 있었다. 속도가 빨랐다. 배턴 주변에 있던 스태프 몇이 화들짝 뒷걸음질을 칠 정도였다. 누군가 소리쳤다.

"어떡해!"

급상하고 있는 배턴에 매달려 올라가는 사람은 지은이었다. 목덜미 옷자락이 배턴의 한 부분에 걸려 딸려가고 있었다. 순식간에 벌어진 일이었고, 지은은 소리도 내지 못한 채 매달려 버둥거렸다.

상원은 단번에 몸을 던져 배턴에 매달리면서도 자신이 움직이는 이유를 알지 못했다. 제어하지 못하는 힘이 몸뚱이를 조작하고 있었다. 두 손이 배턴을 쥐었고, 두 다리가 튀어올라 배턴에 걸렸다. 다리를 배턴에 걸어 자유로워진 두 팔이 지은의 체중을 받쳐 올렸다. 상원은 자신이 얼마나 위험한 자세로 매달려 있는지 의식하지 못했다. 자의식을 벗어난 돌발행동에 놀랄 뿐이었다. 이건 분명히 자신이 하는 일이 아니니까.

"조작실! 거기 누구야? 미쳤어? 얼른 배턴 내리라고!"

누군가 고래고래 소리를 질렀다. 올라가던 배턴이 멈췄다. 배턴에 매달린 두 사람의 몸뚱이가 반동으로 휘청거렸다. 상원은 끙, 하고 신음을 뱉었다. 가까스로 배턴에 매달린 다리에 힘이 빠지고 있었다. 무대 위는 아수라장이었다. 사방에서 우왕좌왕, 누군가 조작실 상황을 파악하기 위해 비상계단을 뛰어올랐다. 누군가는 허공에 멈춰있는 배턴을 올려다보며 소리를 질렀다. 조금만 더 버텨보라고.

이윽고 배턴이 내려오기 시작했다. 배턴이 플로어에 닿자 모두가 달려들었다. 누군가 지은을 받아냈고, 상원은 배턴에서 몸을 떨어뜨리자마자 바닥에 늘어져 버렸다.

명화가 그새 알고 달려와 호통을 쳤다.

"어떻게 된 일이야, 대체?"

"배턴 한쪽에 갈고리처럼 삐져나온 게 있었는데, 그게 옷에 걸렸었던 모양입니다."

직원 하나가 나서서 설명했으나 명화의 격노를 누그러뜨리지 못했다.

"배턴이 왜 사인도 없이 올라가? 조작, 누가 했어?"

18

인석은 플랫폼에서 서성이다 역사 내부로 들어갔다. 자그마한 대합실, 마중 나온 사람은 없었다. 역사 바깥으로도 나가봤지만 마찬가지였다. 인석은 역으로 들어와 개찰구 옆 긴 의자에 자리를 잡고 앉았다. 이틀째 비가 내렸던 터라 역 안 공기는 눅진하고 꿉꿉했다. 역사 벽에 걸린 시계가 째깍째깍 초침 소리를 냈다. 역무원의 구둣발 소리가 시곗바늘 소리와 엇박자를 내며 실내를 울렸다.

인석은 일을 도모하겠다는 사람의 마음이 변한 게 아닐까 염려되기 시작했다. 형도 그자도 체포된 건가 싶어 두려워졌다. 멀리 보이는 집들의 굴뚝에서 연기가 피어올랐다. 저녁밥을 지을 시간이었다. 어디선가 감자 껍질 그슬리는 냄새가 퍼졌다. 인석은 손바닥으로 마른 세수를 했다. 전날 밤잠을 설친 탓에 입속이 깔깔했다. 눈을 들자 서쪽 산등성이로 해가 내려앉고 있었다. 철길 주변으로 펼쳐진 물줄기와 대지가 주홍빛으로 물들기 시작했다.

"이봐요! 일어나 봐요!"

다급한 목소리에 인석은 가물가물 깨어났다.

"이러고 있을 때가 아니오. 정신 좀 차려 봐요!"

인석은 간신히 눈을 뜬 후 초점을 맞추려고 해봤다. 역무원이 내려다보고 있었다.

"얼른 돌아가는 게 좋겠소."

역무원의 목소리에서 급박함이 전해져 왔다. 인석은 부스스 몸을 일으켰다. 바깥의 풀벌레 소리가 텅 빈 역 내부까지 파고들어와 진동을 했다.

"북쪽에서 장갑차가 엄청나게 내려오고 있답니다!"

순식간에 잠이 달아났다. 인석은 벽시계로 눈을 돌렸다. 4시 13분이었다.

순간, 어디선가 포성이 들려왔다. 인석은 역 바깥으로 뛰쳐나와 서성댔다. 잠시 후 길모퉁이를 돌아서는 지프 한 대가 있어 세워 붙들었다. 운전자에게 사정하니 타도 좋다고 했다. 사내의 집은 명륜동이라고 했다. 파주 본가에 제사를 지내러 왔다가 북한군이 내려오고 있다는 소식에 식솔들이 있는 집으로 가는 것이었다. 사내의 목적지가 혜화동과 가까우니 일단 타고 볼 일이었다. 혜화동에는 하숙집도 있고 수찬의 집도 있으니까.

"신세 좀 지겠습니다."

사내는 마흔 가까이 되어 보였다. 질 좋은 여름 양복에다가 파나마모자까지. 부유한 자 같았다. 사내는 초조함을 감추지 못했지만 막상 서울로 들어오자 마음을 조금 풀어놓는 듯했다. 사내가 혜화동 로터리에 인석을 떨구어주며 말했다.

"조심하시오. 나라 꼴이 어찌 되려고 하는지, 원."

사내의 지프가 엔진 소리를 털어내며 멀어졌다. 인석은 수찬의 집으로 향하는 골목길을 올랐다. 서울 한복판에서 사업을 하는 집이니 주요 소식통과 근접할 것이었다.

수찬은 아침상을 받다 말고 인석을 반겨 맞았다. 사양하려 했지만 수찬의 어머니가 극구 권해서 인석도 상 앞에 앉게 되었는데, 막상 음식을 보니 체면이고 뭐고 뒷전이었다. 방금 지어낸 밥의 윤기와 정갈한 반찬들을 보자 맹렬하게 식욕이 올라왔다. 낯선 역에서 새우잠을 자고 온 터라 따뜻하고 물기 있는 식사가 와락 반가웠다.

밥상을 물린 후, 수찬이 침통한 얼굴로 한숨을 내쉬

었다.

"이른 아침부터 전화통에 불이 나더라."

수찬은 부친이 지인과 통화로 나눈 이야기들을 종합해 전해주었다.

"새벽부터 시작되었다는데 국군 쪽에서는 손도 못 쓰고 있나 봐. 소련에서 얼마나 지원을 받았는지 이쪽 병사들은 구경도 못 해본 전차가 엄청난 숫자래."

인석은 파주를 떠올렸다. 역 부근의 평화로움은 폭풍전야의 고요였던 것이다. 그렇다면 인우는…….

"그런데 넌 아침부터 어딜 다녀온 거야?"

수찬이 인석의 행색을 훑으며 물었다. 인석은 허둥대지 않으려 주의했다. 어차피 원래도 집안 이야기를 좀처럼 하지 않았다. 해서 좋을 이야기가 없으니까. 아버지 문제도 그렇지만, 인우에 관한 이야기는 으뜸 금기였다.

인석은 예술제 연습을 하다가 학교에서 잠들었노라고 둘러댔다. 궁하면 통한다던가. 수찬은 의심 없이 고개를 끄덕이더니 본래의 화제로 돌아왔다.

"서둘러야 할 거야. 어머니와 함께 움직여야 할 테니."

"움직이다니?"

수찬은 미간을 찌푸리며 한숨을 내쉬었다.

"곧 서울로 밀고 내려올 거래. 아무래도 전면전으로 가지 싶어. 우리 집은 피난 준비 중이야."

인석은 혼란스러웠다. 수찬의 집안은 공산당이 미워하는 자본가 집안이니 그럴 법했다. 남로당원을 가족으로 둔 자신은 어떻게 해야 옳은 것인가. 인석은 자리를 털고 일어났다. 이 판국에 죽치고 앉아 밥까지 얻어먹고 있었던 게 한심하게 여겨졌다.

"잠깐."

수찬은 방을 나가는 인석을 배웅하다 말고 책상 앞으로 가 무언가를 집어들었다. 오페라글라스 상자. 언젠가 수찬이 그걸 연극부로 가지고 와서 모두가 구경을 한 일이 있었다. 지체 높은 사람에게서 답례품으로 받은 선물이라고 했다. 국내에서 구하기 힘든 고급 오페라글라스라는 말에 영임이 호기심을 드러냈었다.

상자에서 나온 것은 뜻밖에도 돈이었다.

"웬 돈을 거기서 꺼내?"

"비상금 숨겨두는 곳. 넣어둬."

수찬이 돈을 내밀며 재촉했다.

"예술제 때 따로 돈 들 일이 있을까 싶어 좀 모아뒀던 거야. 하지만 이 판국에 예술제에 돈 쓸 일이 있겠니?”

“이걸 왜 날 줘?”

“어머니 모시고 한시라도 속히 떠나. 객지로 가면 필요할 거야. 얼마 안 돼.”

인석은 얼굴이 달아올라 고개를 떨궜다. 반사적으로 영임이 떠오르며 괴이한 상상력이 발동했다. 오페라글라스로 무대를 보고 있는 영임과, 화려한 극장의 일등석과, 값나가는 차림새. 옆자리에 있는 남자는 자신이 아닌 수찬이었다.

2부

니벨룽겐의 반지는 욕망을 상징해.

인간이라면 누구나 갖게 되는 욕망.

극 플롯 자체가 반지를 획득하고자 벌이는 투쟁의 대장정이고

결국은 반지 때문에 모두가 파멸하지.

19

윤희가 서랍에서 꺼낸 건 세 등분으로 접힌 A4 종이였다. 종이 정중앙에 간결한 문구가 인쇄되어 있었다.

프레이야, 위험해. 반지는 포기하기를

상원은 종이에서 눈을 떼고 물었다.

"뭔 소리야, 이게?"

"프레이야는 바그너의 오페라 《니벨룽겐의 반지》에 나오는 인물이야. 미와 젊음의 여신."

"반지를 포기하라는 건?"

윤희는 고개를 저었다.

"나도 몰라."

상원은 종이를 뒤집어 봤다. 뒷면에는 아무것도 없었다. 상원이 문구를 다시 들여다보자 윤희가 말했다.

"니벨룽겐의 반지는 욕망을 상징해. 인간이라면 누

구나 갖게 되는 욕망. 극 플롯 자체가 반지를 획득하고자 벌이는 투쟁의 대장정이고 결국은 반지 때문에 모두가 파멸하지."

"프레이야는 너를 말하는 거야?"

윤희는 어깨를 들썩해보인 후 입을 열었다.

"이 공연과 무관하지 않다는 생각이 들어, 이 메시지."

"어째서?"

"편지가 내 책상에 놓여있던 날 그 사고가 났었거든. 지은이가 다칠 뻔했던 그 사고."

상원의 의심스러운 눈길에도 윤희의 태도는 꼿꼿했다. 상원은 입술을 깨물었다. 보낸 사람의 정체를 알 수 없고, 내용이 함축적이라는 면에서 묘한 편지이긴 했지만 그 두 가지를 연결하는 윤희의 생각은 억지다 싶었다.

"추리소설 같은 걸 너무 많이 보는 거 아냐?"

윤희는 엷게 짜증이 밴 표정을 지었고, 한동안 침묵이 흘렀다. 미술실에서 희미한 음악 소리가 새어나왔다. 현악기들로 직조된 화음 위를 부드럽게 넘나드는 클라리넷 음조.

"모차르트네. 죽기 전 집착했던 악기가 클라리넷이라던데."

음악에 귀를 기울이며 중얼거린 윤희가 문득 생각난 듯 화제를 돌렸다.

"참, 오늘 의상팀이 와서 치수 잴 거야."

치수 재기를 마친 상원이 연습실을 나설 때였다. 전화가 한 통 와 있었는데 모르는 번호인데다 외국이었다. 복도를 걸어가는데 다시 전화가 왔다. 같은 번호였다. 상원은 의아해하며 전화를 받았다.

"여보세요?"

"문상원씨?"

"맞습니다. 누구시죠?"

"저기……"

"말씀하세요."

"여기…… 미국인데……"

상원은 걸음을 멈췄다. 무채색으로 뒤바뀐 시야가 흔들렸다. 복도 끝에서 링 소리가 났다. 엘리베이터에서 나온 윤희가 하얗게 질린 상원을 발견하고 놀라 물었다.

"왜 그래?"

20

생모를 만나는 장면을 수없이 상상해본 건 맞다. 상상 속 상황들은 나이에 따라 내용 전개가 달라졌다. 어떤 것이 현실에 근접한 모양새인지 테스트할 기회는 없었다. 그런 일이 일어난 적은 없었으니까. 기대라는 것이 깨끗이 지워진 후에야 연락이 온 것이다.

상원의 아버지는 두 여자한테서 자식을 봤다. 상원은 지도교수와 조교의 불륜 관계에서 태어난 아이였다. 신생아였던 상원은 친모 친부 모두에게서 양육을 거부당한 뒤 조모인 영임에게 떠넘겨졌다. 상원의 생모는 자신이 염원하던 대로 학계의 스타가 있는 미국으로 가서 학위를 받은 다음 현지에 남았다. 미국인과 결혼을 했고, 그 사이에도 아들이 있다고 했다.

상원이 자신을 집안의 골칫거리로 인식하게 되는 것은 아버지의 식구들과 만날 때뿐이었다. 그렇다고 상진의 모친이 상원에게 상처를 준 적은 없었다. 상원을 볼 때마다 남편의 외도가 생각날 텐데도 어린아이에게 노여움을 드러낸 적은 없었기 때문에 상원은 그녀를 싫어할 권리가 없었다. 싫어하기는커녕 어릴 때는 자신도 그녀의 아들이었으면 바라기까지 했다. 이따금 영임과 상원을 데려다 서울 집에서 재우기까지 했으니 그런 사람을 어떻게 증오하겠는가. 물론 결핍이 없지는 않았다. 가령, 아버지의 서울 집에서 하룻밤을 묵고 난 다음 날 같은 경우. 영임과 상원을 청주까지 데려다준 아버지가 다시 서울 집으로 돌아가면, 상원은 덮쳐오는 상실감을 견뎌내야만 했다.

그래도 상원은 비교적 자신의 생을 잘 받아들인 편이었다. 어차피 생모를 본 적은 한 번밖에 없고, 그것조차 기억도 잘 나지 않는 어릴 때의 일이니. 네 살이나 다섯 살쯤 먹었을 때일 것이다. 얼마나 머물다 갔는지, 와서 뭘 하고 갔는지 세세한 기억은 없지만 잠깐이나마 그 무릎에 앉았을 때의 감촉, 엷게 풍기던 샴푸 냄새, 남겨진 물건들에 대한 잔상이 있었다.

21

　지은은 소주잔을 들고 바라봤다. 수면이 일렁거리는 걸 보면 손이 흔들리고 있다는 얘기다. 이제 그만 마셔야겠다고 생각하면서도 지은은 술잔을 비워버렸다. 연출은 상원을 앉혀놓고 연신 떠들어댔다. 주사가 있는 유형이었다. 지은은 곤혹스러운 표정을 잘 숨기는 상원에 감탄하다가 혁수 쪽으로 고개를 돌렸다.

　"언제 오셨어요? 아깐 안 보이시던데."

　"연습 구경 왔는데 너무 늦어서 놓쳤어. 로비에서 곽 감독을 만났는데, 여기들 있다고 해서 꼽사리 낀 거지."

　연출이 듣더니 나섰다.

　"당신이 왜 꼽사리야? 주역이지."

　"제작소도 쳐주신다면야 땡큐고."

　문득 생각났는지 연출이 혀 꼬부라진 소리로 혁수와 상원을 인사시켰다.

　"참, 두 사람은 처음 보는 건가? 여기는 신혁수. 신소장이라고, 우리 세트 제작 담당. 그리고 이쪽은 이번에 주연 맡으신 문상원씨, 알지?"

상원은 시선을 잠깐 지은에게로 옮겼다가 혁수에게로 되돌렸다.

"세트 제작이라면……"

"지은씨가 하는 쪽은 디자인, 저는 그걸 받아서 실물로 제작하는 거예요. 전문용어로 노가다라고 하죠."

혁수는 실실 웃었으나 그의 농담에 따라 웃는 사람은 없었다. 지은이 소란스러워지기 시작한 건 그즈음부터였다. 취기가 본격적으로 올라온 것이다. 일행은 술집 앞에서 의논했다. 누가 정신을 못 가누고 있는 짐덩어리 처리반이 될 것인가. 솟구쳐 올라오는 길바닥을 쳐다보던 지은이 후르륵 주저앉으려던 찰나 누군가 지은을 붙들었다.

"괜찮아요?"

새벽녘에 잠에서 깬 건 갈증 때문이었다. 지은은 눈을 뜨자마자 간밤의 일을 떠올렸다.

"죽어야 해, 정말."

지은은 누가 보고 있기라도 한 것처럼 두 손으로 얼

굴을 가렸다. 문상원이 그 말만 하지 않았어도.

만취한 지은을 떠맡은 건 상원이었다. 집 방향이 같았다. 상원은 지은의 집 앞 편의점에서 음료수를 사다 주고 술이 좀 깰 때까지 기다려줬다. 다음 기억은 상원이 윤희에게서 걸려온 전화를 받느라 벤치 주변을 서성이던 모습이었다. 지은은 눈이 풀린 채로 음료수를 들이켜며 품었던 마음을 떠올렸다. 저토록 매력적인 남자를 한때나마 소유했던 윤희에게 질투가 났던 마음을. 사실 윤희의 집무실에서 상원을 처음 봤을 때부터 끌렸던 것이다. 그렇기는 해도 지난밤에 한 짓에 대한 원인은 상원이 제공한 것 아닐까.

"내 의지가 아니었어요."

벤치에 나란히 앉아서 상원이 말했을 때, 지은은 알아듣지 못해 눈만 깜박거렸다.

"나도 모르는 내 안의 누군가가 나를 움직였어요. 배턴에 매달린 지은씨에게 몸을 날리도록."

지은은 이불을 뒤집어쓰며 진저리를 쳤다. 가로등 불빛이 만들어준 운치와 술에 취해 맛이 갔었더라도 그렇지, 그런 오글 멘트에 동요하다니. 술 냄새는 물론이요, 안주로 먹은 것들의 양념 냄새까지 풍겼을 입술을 상원의 입술에다 꽂아버리다니.

그러나 벌어진 일은 벌어진 일이었다.

아무리 쪽팔려도.

22

북쪽의 전차부대가 삼팔선을 넘은 일주일 후, 국군 수뇌부가 수원으로 밀려 내려왔다. 외숙부는 열매를 매달기 시작한 과수들 때문에 떠날 결심을 못 했다. 아군 기지가 가까운 곳으로 왔으니 괜찮을 거다 싶어 크게 겁먹지 않은 것도 있고, 이웃 도시에 미군이 터를 잡을 것이라는 소식도 있어서 큰 걱정을 하지 않은 것이다. 송씨가 피난을 가지 않고 수원에 남기로 한 건 아들 때문이었다. 공산당 집권 체제로 넘어갈 경우 최소한 인우의 신변은 안전해질 거라고 판단했기 때문이었다. 송씨의 기대는 현실이 되었다.

인우는 서울 시내가 인민군들로 깔리고 닷새쯤 지났을 때 집으로 왔다. 당 제복을 입은 깔끔한 모습이었다.

"새 세상이 올 거예요, 어머니."

인우는 연신 눈물을 흘리는 송씨에게 힘주어 말했

다. 저녁상을 물리고 난 후, 인우가 인석에게 말했다.

"미안하다. 당에서 내려온 지령이 있어서 움직이기가 어려웠어."

파주 기차역에 나타나지 않았던 일을 두고 한 말이었다. 인우는 거기까지 말하고 뭔가를 내뱉으려다 그만두었는데, 군사기밀이라도 되는 양 함구해야 한다고 판단하는 듯했다.

송씨가 숭늉을 떠오겠다며 자리를 비웠을 때였다. 인우가 엉뚱한 화제를 꺼냈다.

"배우가 될 생각이야?"

인석이 깜짝 놀라 쳐다보자 인우가 재차 물었다.

"진지하게 생각하고 있는 거냐고."

인석은 당황스러웠다. 극단 활동을 하는 건 비밀이었다. 어머니에게 괜한 걱정을 끼치고 싶지 않았다. 송씨는 끼 많은 사람을 경계하는 천생 여염집 여인이었다. 풍류를 즐기던 남편에 질려버린 탓도 있었다.

"아직 몰라."

인석은 감추려 들었지만 인우는 믿지 않았다.

"원한다면 내가 손을 써볼 수도 있을 거야."

인우가 목소리를 낮게 깔았다.

"배우니 성악가들이니 작곡가니 하는 사람들이 지금 다 모여서 인민노동당과 뜻을 같이하고 있어."

다음 날 아침, 인우는 떨떠름해하는 인석을 극구 떠밀어 군용 지프에 오르게 했다. 지프는 먼지를 일으키며 한참을 달리다가 시내로 들어섰다. 곳곳에 인민군들이었다. 시청 건물 전면에는 김일성과 스탈린의 초상화가 내걸려 있었다.

지프가 멈춘 곳은 명동성당 앞이었다.

"들어가자."

인우가 먼저 내려 앞장섰다. 예배당 입구에서 보초를 서던 인민군 헌병이 막아섰지만 인우가 당원증을 보여주니 길을 터주었다. 인석과 인우가 안으로 들어서자 예배당 안에 있던 10여 명의 사람이 일제히 뒤를 돌아보았다. 대부분 평복을 입고 있었지만 설교단 앞에 서 있는 사람은 당 제복 차림에 완장을 차고 있었다.

"어쩐 일이요?"

완장을 찬 이가 물었다. 인우가 그와 이야기를 나누는 동안 인석은 몇 걸음 떨어져서 주변을 둘러봤다. 무리 지어 앉은 사람 중 눈에 익은 얼굴이 있었다. 영화배우 김동명. 인석은 그가 왜 이곳에 있는지 의아했다. 공산주의자였던 걸까. 인석이 빤히 보자 김동명이 시선을 피했다. 인석은 다른 이들의 얼굴도 살펴보았다. 알아볼 법한 인물들이 몇 더 있었다. 모두 잘 알려진 지휘자, 작곡가, 배우 등이었다.

인우가 인석을 돌아보며 웃었다. 희색이 가득했다. 완장 찬 이가 오더니 인석에게 손을 내밀었다.

"잘 왔소, 동무! 대학에서 연극을 한다고? 인물이 좋아서 선전효과가 크겠어. 우리 경비대 협주단과 뜻을 같이할 줄로 믿겠소. 조선민주주의인민공화국 내무성 소속 선무단장 이수용이요."

이수용은 인석과 인우에게 기다리라고 하더니 밖으로 나갔다. 인우가 인석에게 귓속말을 했다.

"받아준대."

"구경만 해보라며!"

"저기 앉아있는 사람들 좀 봐. 여기 아무나 와 있는 게 아니라고!"

예배당 문이 열리더니 이수용이 누군가를 데리고 들어왔다. 따라 들어온 이가 인석을 보더니 흠칫 놀랐다. 인석도 마찬가지였다. 교내에 공산당 선전물을 퍼뜨려 구속되었다던 한중필이었다. 중필이 인석에게 손을 내밀었다.

"환영한다!"

인우는 만나보고 와야 할 사람이 있다며 자리를 떴다. 인석은 중필이 안내하는 대로 이리저리 끌려다녔다. 읽으라는 것을 읽고 들으라는 걸 들었다. 온종일 사상 교육을 받고 나니 날이 저물었다. 인우는 밤까지 돌아오지 않았다. 그때야 인석은 그곳에서 마음대로 나갈 수 없다는 걸 알게 되었다. 성당 밖은 무장한 인민군들이 에워싸고 있었다. 그곳에 자의로 들어온 사람은 없었다. 속아서, 심지어는 납치당해 온 사람도 있었다.

인석은 경비대 협주단원이 되어 합숙팀에 들어가게 되었다. 예술인들로 꾸려진 협주단원을 인솔하는 게 중필의 일이었다. 이수용이 책임을 맡고 있었고, 중필은 그의 뒤치다꺼리를 하는 식이었다. 예술가들은 피치 못할 사정이 있어 피난을 못 가고 있다가 끌려온 처지였다. 북한 체제를 선전하는 창작물을 만들고 공연하는 것이 임무였다. 대본은 인석이 오기 전 완성되어 있었다. 이수용은 인석에게 대본을 보여주며 보완할 점이 있겠느냐고 물었다. 인석은 이념에 따라 쓰인 글 따위는 논하고 싶지 않았다. 이수용이 물었다.

"어떻소?"

"말할 것이 없습니다."

이수용의 날카로운 눈매가 인석을 쏘아보았다. 인석은 마당으로 끌려나가 7월의 태양에 달궈진 바닥에 무릎을 꿇고 앉아 스스로를 비판해야 했다. 이수용은 뒷짐을 지고 오갈 뿐 실제로 인석을 다그친 것은 중필이었다. 뇌 속에 저장된 언어가 탈탈 털릴 만큼 시달린 뒤에야 인석은 '맛뵈기'에서 놓여날 수 있었다.

"처음이니 크게 문제 삼진 않겠소. 하지만 같은 일이 반복될 시 장담 못 하오."

이수용은 기진맥진한 인석을 향해 차갑게 내뱉고는 자리를 떴다.

숙소는 수녀들의 기숙사였다. 치욕스러운 하루를 보내고, 인석은 좀처럼 잠들지 못했다. 끓어오르는 것을 누르려고 분을 달래고 있는데 노크 소리가 들렸다. 중필이었다. 중필과 인석은 종탑 망루로 갔다. 중필이 담배를 권했다.

"미안하다."

중필은 담배에 불을 붙여주며 말했다.

"나라도 그렇게 하지 않았으면 더 곤란해졌을 거야."

인석은 아무 말도 않고 담배 연기만 뿜었다. 시야가 핑그르르 돌았다. 땡볕 아래서 혹독히 시달렸던 몸뚱이가 현기증에 휘청거렸다. 인석은 중필에게 언제 석방이 되었느냐고 물었다. 중필은 긴 연기를 내뿜었다.

"6월 28일."

인민군들이 서울로 들어온 날이었다. 중필이 말했다.

"네가 여러 차례 도와준 덕택에 무사히 시험도 치르고 했었는데, 면목이 없다."

중필은 고개를 떨어뜨렸다. 인석은 어금니를 깨물었다. 겨우 이수용 같은 자의 뒤나 닦으려고 좌익이 된 거냐고 쏘아붙이고 싶었지만 참았다. 중필을 편으로 만들어야 했다.

"중필아."

몇 모금 빨지 않은 담배가 인석의 손가락 사이에서 스러져갔다.

"나는 우리 형하고 달라. 무슨 말인지 알지? 도와주라! 난 여기서 이러고 있을 수 없어."

공기는 뜨겁고 호흡은 무거웠다. 두 사람이 내뿜는 더운 숨까지 더해져 망루의 공기는 터져나갈 듯 팽팽해졌다. 중필은 대답 없이 담배 연기만 계속 내뿜었다.

이틀에 한 번꼴로 같은 광경이 벌어졌다. 당하는 걸 보는 것만으로도 합주단원들의 공포심은 고조되었다. 색소폰을 부는 김학수는 악보 관리를 제대로 하지 못했다는 이유로 자아비판을 해야 했는데, 큰 사건이 아니었기에 짧게 끝날 수도 있을 일이었다. 평소에 조용한 편이라 누구도 김학수의 이면에 대해 알지 못한 걸지도 모른다. 성당 앞마당으로 끌려나와 무릎을 꿇고 앉은 김학수가 미리 숙지한 대로 읊조렸다.

"위대한 조선노동당인민공화국의 업적을 기리는 악보를 소홀히 다룬 나의 죄를 물어 지금부터……"

판에 박은 듯 창의성 없는 비판 구절을 읊던 김학수가 어느 순간 픽 웃고 말았다. 고작 악보 때문에 끌려나와 그 꼴을 당하니 어이가 없었던 것이다.

"웃어?"

이수용이 김학수에게 다가가 따귀를 올려붙였다. 김학수의 고개가 휙 돌아가고 코피가 흘렀다. 타격 방향이 어긋난 것이다. 김학수가 퉤, 하고 침을 뱉었다. 피가 낭자한 침이었다. 이수용의 두 눈이 살기로 번뜩였다.

"이 개새끼가!"

김학수의 어깨에 발길질이 날아들었다. 몸뚱이가 나동그라지고 비명이 솟구쳤다. 광폭한 발길질에 이리저리 나뒹굴면서 김학수는 탁한 신음을 쏟아냈다. 한 인간의 광기가 통제 불능으로 폭주하는 것을 모두가 무력하게 지켜봤다.

바닥에서 꿈틀거리던 김학수가 돌연 몸을 돌려 바로 눕더니 허공에 시선을 두고 중얼거렸다

"신을 양말이 없어. 여보, 빨래는 한 거요?"

눈이 뒤집힌 이수용이 김학수의 발목을 밟아 누르자 김학수의 아랫도리가 젖어 들었다. 바닥에 소변이 퍼지면서 찝찔한 냄새가 풍겼다. 김학수는 피투성이가 된 채 제 소변을 깔고 정신을 잃었다.

그날 밤 중필이 인석의 방을 다시 찾았다. 중필은 다음 날 저녁 성서 화형식이 있을 거라고 일러주었다.

"성당의 성서를 모두 끌어내 태우는 의식이야. 불길이 솟아오르면 어수선해지겠지. 분명 틈이 생길 거야."

탈출할 기회였다. 중필이 숨 죽여 말했다.

"불길이 치솟아오를 때 내가 구호를 외칠 거야. 그러면 모두가 그 구호를 따라 외치게 되어있어. 그때를 놓치지 마."

"구호가 뭔데?"

"종교는 민중의 아편이다!"

중필이 덧붙였다.

"이수용은 아마 흥분해서 제정신이 아닐 거야. 그때 빠져나가."

23

병우가 퉁명스러운 태도로 회전의자를 뒤로 밀며 자세를 바꿨다. 명화는 입을 꼭 다물고 서서 병우를 바라보았다. 시치미를 떼는 병우가 얄밉지만 모든 말을 다 뱉을 수는 없다. 체통을 잃고 싶지 않고, 굴욕감도 숨겨야 했다. 점점 더 제멋대로 굴고 있는 병우의 태도에 초조해지는 자신이 마음에 들지 않아도 별수 없었다. 외로움을 타는 성격은 명화의 취약점이었다.

"퇴근 후에 좀 올래?"

차분한 말투에도 명화는 절박해 보였다. 병우는 명화와 눈을 마주치지 않고 손에 쥔 펜을 빙글빙글 돌려대기만 했다. 명화는 명령조로 들리지 않게끔 신경을 쓰고 있지만 병우 딴에는 복종하는 모양새로 보이고 싶지 않은 거였다. 명화가 한 마디를 더 얹었다.

"말한 거 준비해둘게."

미동도 없이 있던 병우가 심드렁하게 대꾸했다.

"안 된다면서요."

"급하다며."

병우는 괜스레 책상 위 서류뭉치를 움켜쥐고는 하단을 탁탁 내리쳐 일렬로 포갠 다음 내려놓았다.

"도착하면 8시쯤 될 거예요."

병우의 방을 나온 명화의 얼굴은 어두웠다. 발레로 다져진 척추도 근래 들어 힘이 빠지고 있었다. 명화는 터덜터덜 복도를 걸으며 아들을 생각했다. 아들은 좀처럼 한국에 오려 하지 않으니 보스턴엘 한 번 다녀와야 할 것 같았다.

이혼 후 귀국했을 때, 부친인 수찬은 건강이 좋지 않아 오빠 규화가 재단 사업 대부분을 운영하고 있었다. 명화는 모교 학생들을 가르치면서 아트센터에서 규화의 업무를 보조했다. 인생을 교정할 기회였다. 실패로 끝난 결혼 생활도, 발붙이지 못한 뉴욕 무용계도 떨쳐 버리고 싶었다. 그때 알게 된 병우가 입안의 혀처럼 굴었다. 병우에게는 아트센터의 신임 실세 명화가 동아줄이었던 거니까.

아내는 방송국 외주 제작 프로덕션으로 빠져 잘 풀

렸지만 병우는 그렇지 못했다. 원하던 극단 언저리에서 맴돌아봐야 끼가 부족해 연출이나 연기 쪽으로는 빛을 볼 수 없었다. 죽으란 법은 없던 건지 기획공연에 임시 투입되었다. 명화가 구세주였다. 전처는 남편의 불륜을 눈치채곤 이혼을 요구했다. 지긋지긋해진 남편을 떠날 수 있어 반색하는 눈치였다.

거리는 어둠을 맞을 준비를 하고 있다. 밤을 소비하러 나온 이들의 활기 속에서 지상으로 올라오는 차가 있었다. 병우의 차는 골목길을 서행하다가 도시의 밤길로 스며들었다. 명화의 집 쪽으로.

24

"왔어요?"

테라스에 나와 있던 유신이 손을 흔들었다. 의상감독 백유신은 지은과 친해지자 식사 초대를 했다. 남편이 주말에 집을 비우는데 혼자 있기 싫으니 함께 밥이나 먹자는 거였다. 아이가 없는 부부였다. 우종도 초대했다고 덧붙였다. 우종은 유신이 강의를 나가는 학교 제자였다. 유신의 집에는 도자기 난로도 있었고, 벼룩시장에서 사들였다는 골동품들이 즐비했다. 지은과 우종이 새우튀김을 다 먹어갈 무렵, 유신은 주방에 서서 뚝딱거리더니 금세 상을 차려냈다. 직접 담갔다는 물김치 냉국수와 갈비가 주메뉴였는데, 음식은 개별 쟁반에 담겨 각자의 앞에 따로 놓였다.

식사 후 테라스로 옮겨 앉았다. 마시다 남은 와인을 밖으로 가져와 홀짝이는 동안 서서히 해가 저물었다.

불빛들의 간격이 넓은 곳이었다. 대화는 주로 우종의 말에 유신이 답을 해주는 식으로 이어지고 있었다. 유신이 호두 속껍질을 손톱으로 긁어내며 말했다.

"잘하고 있는 것 같던데 뭘. 스스로에 대한 네 기대치가 높아서 그러는 거지."

미련을 떨치지 못한 우종에게 건네는 위로였다.

"아직 내 옷 같지가 않아서 그런가 봐요. 100% 혼연일치가 안 되는 것이."

욕심나는 배역이 따로 있었으니 현재의 역할에 완벽히 집중하지 못하겠다는 것이다. 유신은 손바닥을 맞비벼 호두 부스러기를 털어내고는 우종에게 말했다.

"아무래도 넌 그게 필요한 것 같다."

우종이 의아한 표정을 짓자 유신이 덧붙였다.

"유령."

유신은 두 사람을 번갈아 보며 은밀하게 말했다.

"소나무극장 귀신 얘기 들어본 적 없어?"

25

어두컴컴한 복도를 걸으니 뒤통수가 서늘했다. 지은은 미술실 문고리를 잡기 전 호흡을 가다듬었다. 모든 것은 전날 저녁 방을 나서기 전 그대로였다. 테이블 아래 밀어둔 스툴에 발을 걸어 끌어낸 후 엉덩이를 걸치고 앉았다. 홀린 듯 극장으로 왔으나 무얼 해야 좋을지 몰랐다. 고작 그 말 때문에 이러고 있는 자신이 낯설기도 했다.

"극장의 유령이 배우 중 한 사람을 골라 몸을 빌려 연기를 한다는 거지. 그렇게 선택된 배우가 공연의 스타가 된다는 거고. 두 사람 다 유령 얘기 몰라?"

유신의 농담에 휘둘리는 건 분명 어리석다. 하지만 그 농담에 지은의 팔에는 소름이 돋았다.

'그 남자는 분명 순식간에 나타났어. 그러고는 눈 깜짝할 사이에 사라졌지.'

지은은 유신이 한 말을 다시 떠올렸다.

"열연한 배우들이 도취해서 만들어내는 얘기겠지만, 왜 그런 거 있잖아. 무대에 서는 사람이 배역과 혼연일체가 된 나머지 무아지경에 이르는 그런 거. 우종이 넌 알지 않아? 배우니까."

우종은 수긍한다는 듯 고개를 끄덕였다.

"열연의 대가가 접신이라면 저는 기꺼이."

"모르지, 또. 유령이 이번 공연에서 너한테 붙을지. 지은씨, 우종이 유령 붙으라고 고사 지낼까? 공연 대박 나게."

유신은 지은에게 눈을 찡긋해 보였고, 우종은 양손을 깍지 끼우고는 옆구리 스트레칭을 했다.

"글쎄요. 그 귀한 유령이 한낱 조연일 뿐인 이 몸한테까지 와주실까요?"

유신은 우종에게 눈을 한 번 흘기더니 테이블에 흩어진 잔이며 접시 등을 쟁반에 추슬러 모았다.

"아무튼, 기어이 그 소재를 또 살려낸 걸 보면 이 극장이 그 시인하고 인연은 인연인가 봐?"

지은은 구겨진 냅킨을 주워 모으다 고개를 들었다.

"이거, 이번에 새로 만든 창작 공연 아니었어요?"

"몰랐구나? 하긴 오래전 일이니까. 한 8, 9년 전쯤에도 하려고 했었어. 그땐 뮤지컬이 아니었지만."

"그럼요?"

"발레."

지은은 유신과의 대화를 곱씹다가 고개를 흔들었다. 유령이라니. 그런 황당한 말에 이끌려 이 밤중에 여길 오다니. 하지만 그날 밤 나타난 남자가 의식 속에서 떠나질 않고 있지 않나. 순식간에 자취를 감춘 정체불명의 남자.

지은은 스툴에서 벌떡 일어섰다. 주변을 둘러보다가 침을 꼴깍 삼키고는 입술을 달싹였다.

"혹시 지금 여기에 있나요?"

사방은 적막했다. 들리는 것이라고는 창밖 어딘가에서 솟아오르는 도시의 소음 부스러기들뿐. 정신 나간 짓을 한번 하고 나자 발동이 걸린 걸까. 지은은 앞으로 손을 뻗어 걸으며 미술실을 휘젓고 다녔다.

"한번 나와 봐요."

그러다 멈춰선 곳이 커피머신 앞이었다. 커피머신에 종이 하나가 붙어있었다. 형광 연두색 포스트잇에 무언가 적혀있는데 빛이 약해 읽을 수 없었다. 지은은 종이를 떼어내 블라인드 틈새로 들어오는 건너편 건물 간판 조명에 비춰보았다.

시계, 좀 밋밋해. 디테일이 영감을 줄지도 몰라.
시계 때문이라면 내 방에 들어가도 좋아.

지은은 얼굴이 화끈 달아올랐다. 기획실 시계에 손을 댄 걸 들켰다는 말이다. 그런데 문자를 보내지 않고 굳이 메모를 남긴 이유는 뭘까. 그러고 보면 요즘 조부장이 좀 이상했다. 어쩐지 지은과 거리를 두고 있는 것 같았다. 지은은 잠시 고민하다가 기획실로 건너갔다.

"밋밋하다……."

지은은 시계를 손에 쥐고 모형을 들여다봤다. 한참 동안 모형만 쏘아보다가 무거운 마음으로 미술실을 나왔다. 발걸음이 향한 곳은 극장 쪽이었다. 지은은 객석 하나를 골라잡고 앉아서 상상했다. 연인에게서 온 편지를 읽는 오경선. 무대 뒤편에 배치된 스크린 위로 시어가 한 행씩 지나간다. 오른쪽에서 나타나 왼쪽으로 이동하는 글씨들. 상상 속 무대를 응시하는 지은의 미간이 움찔움찔했다. 무언가 생각이 날 듯도 말 듯도 했다. 시계를 쥔 손에 땀이 배어났다. 입에서는 연상 장면들의 글자들이 웅얼웅얼 흘러나오고 있었다.

당신 그림자 보이라고…… 안개 피웠음을……

당신 눈 담아…… 별을 떨어뜨렸음을……

당신 목소리 묻혀… 들판의 풀 흔들어댔음을……

섬광처럼 지나가는 이미지! 지은은 시계를 쥔 손을 들어올려 무대를 향해 뻗었다. 입체와 회전이 지금의 단조로움을 개선할 수 있어! 희열이 전신을 통과하고, 뻗은 손에 매달린 시계가 빙그르르 돌 때였다. 지은의 모근이 쭈뼛 섰다. 줄을 손가락에 감아두었기 망정이지, 하마터면 시계를 떨어뜨릴 뻔했다.

그 남자였다! 그 남자가 무대 위에 서 있었다. 남자의 목소리가 극장 안을 우렁우렁 울렸다.

"또 당신이군요!"

26

서울 탈환. 역전이었다. 길목마다 건물이 무너져내려 돌산을 이루고, 산재한 시체를 수습하는 광경이 이어졌다. 질벅한 피 웅덩이 가까운 곳에 장이 서는가 하면, 아낙들은 주검이 떠내려왔던 개천으로 빨래를 싸들고 나왔다. 어찌 되었든 도시는 살아나고 있었다.

교내에서는 서로의 생사가 궁금해 모인 학생들이 웅성댔다. 석 달 남짓 피를 목격한 터, 다들 울분과 의협심에 차 있었다. 인석은 시국과 자신을 연결 짓고 싶지 않았다. 조국을 위해 할 수 있는 무언가를 찾는 일 같은 것, 관심 없었다. 인우에 대해서 누가 알아낼까 조바심이 날 뿐이었다.

교내 게시판에 붙은 모집 공고 역시 무심히 지나친 벽보일 뿐이었다. 정훈공작대. 국군이 접수한 북한 지역에 가서 주민들에게 민주주의를 교육한다는 취지로 결성한 조직이라고 했다. 인석은 가까이 지내는 친구가 정훈공작대에 자원했다고 해도 시큰둥했다. 파견지를 듣기 전까지는.

"우리 학교 대원들은 사리원으로 가."

사리원. 인우가 자신의 주둔지라고 말한 곳이었다. 사리원, 사리원. 가보지 못한 지명이 인석의 귓가에 메아리쳤다.

27

10월의 새벽바람이 플랫폼 주변을 돌아다녔다. 대장의 선창을 따라 모두 함께 만세 삼창을 외쳤다. 플랫폼에 열을 지어 선 정훈대원들의 함성이 쩌렁쩌렁 울려퍼졌다.

덜컹거리는 차창 밖으로 서울의 이른 아침 풍경이 흔들리며 스쳐 지나갔다. 화물칸 밑으로는 굵직한 포탄들이 주르르 깔려있었다. 비록 포탄 위라 할지라도 열차로 이동하는 건 운이 좋은 축이었다. 타 대학 정훈대원들은 트럭 짐칸에 실려가거나 심지어는 걸어서 떠났다.

인석이 탄 열차는 가다 서기를 반복했다. 서울을 탈환한 지도 벌써 한 달. 맥아더의 호언대로 전쟁은 곧 끝나는 것일까. 수업을 듣고, 연극부원들과 의기투합해 어울리는 시절이 다시 올까. 인석은 대본을 쓰느라 밤을 새우고 눈이 퀭해 나타나던 영임, 배역들 동선 구상에 골몰하던 수찬, 대본을 외우고 감정을 잡던 순간들을 회상했다. 죽고 죽이는 일들을 수없이 목도한 바, 무대에 서서 관객과 마주했던 지난날이 꿈처럼 여겨졌다. 한없이 그리운 꿈.

인석은 외투 안주머니에 넣어둔 사진을 꺼냈다. 지난 4월, 국립극장 개관 공연을 보러 갔다가 셋이 함께 찍은 것이었다. 공연을 보고 나오면서 몇 걸음 앞서가던 영임이 뒤돌아섰던 장면이 눈에 선했다.

"나중에 우리도 이런 무대에 공연을 올릴 수 있을까?"

영임은 들떠 말했고, 뒤따라가던 인석과 수찬은 눈을 마주치며 웃었다. 너나 할 것 없이 흥분해 쏟아내던 말들이 절정에 올라 있을 때 영임이 다시 그 이야기를 꺼내 들었다.

"수찬씨네 그 솔숲 부지, 우리가 접수하는 거 맞지?"

수찬이 어이없다는 듯 대꾸했다.

"누가 보면 땅 맡겨놓은 줄 알겠네, 이 사람아. 거기다 극장 짓자고 하면 나 집에서 쫓겨난다니까."

영임은 늘 그렇듯 기도 죽지 않고 능청스럽게 맞섰다.

"그래도 난 어쩐지 그곳에 우리의 극장이 생길 것 같은걸! 수찬씨가 세운 멋진 극장 무대에 인석씨가 서는 거야. 내가 쓴 희곡으로. 두고 봐! 내가 명작을 써낼 테니까. 극장 이름도 내가 벌써 지어놨어!"

수찬과 인석이 동시에 물었다.

"뭐로?"

"소나무극장."

화물칸 틈을 비집고 들어온 아침 햇빛이 사진 위로 떨어졌다. 사진 속에 담긴 영임의 찌푸린 눈살이 마치 지금의 이 빛 때문인 것만 같다. 전쟁을 몰랐던 지난 4월의 햇살과, 사리원행 열차로 스며드는 10월의 햇살이 이토록 다름에도.

28

1929년생 차인석.

이 사람의 말을 믿어도 되는 걸까? 지은은 허공에 떠 있는 기분이었다. 지은을 구한 게 상원이 아니었다니. 기막히게도 유령이었다니. 자신의 의지가 한 일이 아니라고 했던 상원의 고백은 말 그대로였던 것이다.

이 사람, 아니 유령이 말하길, 그날은 돌발적인 상황이라 상원의 몸을 빌려 배턴에 매달렸다는 것이다. 그러나 앞으로는 상원의 몸에 들어가지 않을 거라고 했다. 지은의 머릿속에서 여러 조각의 기억이 회오리쳤다. 소나무극장 유령 이야기를 꺼낸 유신, 유령에 씌어서라도 열연을 하고 싶다던 우종, 가끔씩 기억을 잃는다는 배우의 경험담을 계단에서 듣게 된 것도 이 유령과 관계가 있는 것일까. 모든 풍문이 사실이라면 어째서 유령은 상원을 배제한다는 것일까.

인석의 대답은 지은에게 절망스러웠다.

"극이 절정으로 내달리게 되면 영을 손실하는 배우들이 있어요. 배역의 감정을 따라 극도로 몰입할 때 일어나는 일이죠. 배우의 육체에 내가 깃드는 일은 그럴 때 일어나요. 문상원은 대상이 되지 못할 겁니다. 그 사람이 그 경지에 이르는 연기를 할 턱이 없으니까요."

주연이 연기를 잘해내지 못할 거라니, 그건 이 공연에 대한 저주였다. 지은은 발끈하는 기분이 되어 물었다.

"그 사람은 왜 안 된다는 거죠?"

"사람은 누구나 내면에 불씨가 있어요. 생에 열정이 많은 사람일수록 건강한 불씨를 가지고 있고요. 문상원의 내면은 차가워요. 쓰지 않고 내버려둔 화로처럼."

논리는 있지만 현실과 연결 짓기는 어려운 얘기였다. 그런데도 지은은 가슴이 덜컥 내려앉았다. 주인공의 연기에 힘이 없다면 공연은 김빠진 사이다가 될 것이다. 공연이 실패하면 정규직에 대한 기대도 접어야한다. 지은은 유령이 원망스러웠다. 유령의 말이 사실이라면 유령이 상원에게 깃들도록 해야 할 터였다. 지은은 다급한 마음에 따지고 들었다.

"당신이 대체 무슨 자격으로 사람들의 몸을 드나든

다는 건가요? 어째서 떠나지 않고 세상에 남아 타인을 판단하고 평가하고, 휘두르냐고요!"

지은이 다그치자 인석의 얼굴은 슬픔으로 일그러졌다.

"이루지 못한 것과 지키지 못한 약속 때문이에요."

인석은 지은의 곁으로 와 이야기를 시작했다. 긴 세월, 극장의 유령으로 맴돌고 있는 자신의 이야기를.

29

　인석의 역할은 인근의 학생들을 상대로 교육 활동을 하는 것이었다. 애국가를 가르치고, 만들어온 자료로 학습시켜 공산주의 물을 빼놓는 일이다. 나머지 시간에 인우의 행방을 알아보는 게 사리원에 온 진짜 목적이지만 쉽지 않았다. 인민군에 시달렸던 마을 사람들은 정훈대원들에게도 쉽게 경계를 풀지 않았다.

　일정의 시작인 골목 청소를 마치고 숙소로 돌아와 보니 된장 냄새가 홍건했다. 냄새만 요란하지 희멀건 국일 게 뻔했다. 전쟁통에 아껴 먹느라 된장 구하기가 쉽지 않다고 했다. 식당으로 들어가니 이미 식사를 마친 몇이 난롯가에 모여 불을 쬐고 있다. 자리에 앉자마자 국그릇과 밥그릇이 날라져 왔다. 인석은 국 한술을 뜨고는 속으로 중얼거렸다. 형은 대체 어디에 있는 것일까. 사리원에 온 지도 벌써 한 달이었다.

　"인석아!"

용욱이 문간에 서 있었다. 용욱은 인석을 숙소 뒤꼍으로 데리고 가더니 무언가를 내밀었다. 곶감이었다.

"어디서 난 거야?"

용욱은 픽 웃더니 묻는 말에는 대답 않고 재촉했다.

"받기나 해. 딱 세 개라 다른 사람들 있을 때는 꺼내놓지도 못하니까."

보나마나 효선에게서 받아온 것이다. 효선은 도립병원 간호부였다. 숙소가 병원 근처에 있다 보니 오며 가며 알게 되었는데 최근 두어 차례 만난 모양이었다.

토요일은 활동이 없어서 인석은 장터를 둘러볼 생각이었다. 잠자리에 들기 전 일지 쓰는 걸 낙으로 삼게 되었는데, 엎드려 글씨를 쓰자니 필체가 엉망이었다. 자그마한 밥상이라도 구해봐야겠다고 마음먹었다.

용욱이 키들거리며 물어왔다.

"나도 가자! 효선씨도 부르고 다른 간호부 하나도 추가해서 같이. 어때?"

용욱은 여자들을 만나자마자 너스레를 떠느라 그릇장수의 궤짝을 건드렸다. 쌓여있던 놋그릇 무더기가 장바닥으로 떨어져 굴렀다. 여자들은 어깨를 들썩이며 웃었다.

"에이, 그만 웃읍시다! 소개하지요. 이쪽은 차인석."

용욱이 금세 유들유들해져서는 말을 붙였다. 한 걸음 앞서 걸어오던 여자가 고개를 까딱 숙여 보였다.

"이효선이라요. 그리고 이쪽은 정덕희."

덕희라는 여자는 효선에 비해 다소곳했다. 효선은 성격이 외향적이고 적극적인 여자로 보였다. 폭이 넓은 모직 스커트를 입고, 몸에 잘 맞는 스웨터를 갖춘 폼이 외양 가꾸기에 숙련된 듯했다. 덕희라는 쪽은 수수했다. 목례를 할 때 웃는 표정을 지을 줄도 모르는 것이 주변머리가 좀 떨어져 보였다.

네 사람은 일없이 장터를 기웃거리며 어색하게 걸었다. 김장거리를 쌓아놓은 청과상은 너덜너덜하고 흙이 많이 묻은 배추 이파리들을 헐값에 팔았다. 시든 푸성귀 조각도 요긴할 때였다. 효선이 대뜸 볼멘소리를 했다.

"저쪽으로 가믄 국숫집이 하나 있두만."

효선은 장터 너머로 시선을 주면서 한 손바닥으로 다른 쪽 팔을 연신 문질렀다. 날도 추운데 사내 둘이 아가씨들을 터덜터덜 걷게만 하고 있으니 형편없어 보였던 것이다.

신작로의 국숫집은 인석도 오다가다 보기만 했지 들어가 본 적이 없었다. 국방부에서 나눠준 공작금이 좀 있었으나 아껴써야 했다. 하지만 달리 갈 데가 없었고 떨고 있는 여자들도 딱했다. 재령평야에서 불어오는 11월의 칼바람이 몹시 날카로웠다.

국숫집에는 들큼하고 짭쪼름한 국물 냄새가 배어 있었다. 물자 공급이 어려운 시국이지만 장이 서는 날이라 손님이 제법 있었다. 국수를 주문하고 멀거니 앉아 있는데 덕희가 인석을 유심히 쳐다봤다. 모두가 눈치를 챌 때쯤 덕희가 불쑥 물어왔다.

"이름이 차인석이라고 기랬디요?"

덕희가 입을 열자 효선도 조금 놀랐다.

"네."

인석의 대답 후, 세 사람 다 덕희가 무슨 말을 더하려나 싶어 기다렸다. 덕희는 더 말을 잇지 않고 다시 조용해졌다. 효선이 캐물었다.

"왜 기카는데?"

"아니라우."

덕희는 고개를 젓더니 다시 시선을 내려 엽차 잔만

만지작거렸다. 지금껏 보인 소극적인 태도와는 앞뒤가 맞지 않았다. 효선이 다시 다그쳤다. 대답을 끌어내려고 장난기를 섞어 물었다.

"왜 기라네? 응?"

덕희는 슬그머니 눈을 들어 인석을 다시 쳐다봤다.

"혹시 형제 관계가 어드렇게 되시까?"

인석의 가슴에서 쿵 소리가 났다. 인석은 표정을 숨기며 덕희의 얼굴을 살폈다. 덕희의 얼굴에는 의도나 진심을 감추려는 사람 특유의 포장된 태연함이 없었다. 기대감과 긴장이 묻어 있을 뿐이었다. 인석은 재빠르게 기억을 더듬었다. 언젠가 한 번 용욱이 묻기에 형은 몸이 약해서 시골 본가로 내려가 요양을 하고 있다고 둘러댔던 걸 기억해냈다. 아니나 다를까 용욱이 끼어들었다.

"너 형이랑 딱 둘이라 그랬지?"

덕희의 눈이 휘둥그레졌고, 인석은 그것이 신호임을 알아차렸다. 분명 이 여자는 형을 알고 있다.

"형이 있는데 지병이 있어서 고향에 가 있어요. 아무래도 남쪽 기후가 따뜻하니까."

인석은 평정심을 잃지 않도록 유의하며 둘러댔다. 일단은 화제를 바꾸는 게 좋을 거라고 판단했다. 그러나 덕희는 더 견딜 수가 없는 모양이었다.

"실례지만 혹시 형 이름을 물어봐도 되시까?"

덕희는 전력을 다해 눈을 빛내고 있었다. 인석은 침을 꿀꺽 삼킨 후 또박또박하게 답해줬다.

"제 형의 이름은 차,현,석,이라고 합니다만, 왜 그러시죠?"

인석이 가짜 이름을 대자 덕희의 낯빛에 실망감이 퍼졌다.

다음 날, 인석은 아무에게도 알리지 않고 숙소를 나섰다. 병원 안으로 들어서니 접수부가 보였다. 그곳으로 다가가고 있는데 간호부 하나가 창구 안쪽에서 차트를 읽으며 걸어 나왔다. 덕희였다. 덕희는 인석을 발견하고 멈춰 섰다.

"어드렇게 예까지 오셨습네까?"

인석은 정신이 번쩍 들어 주변을 의식했다.

"잠깐이라도 꼭 좀 만나야겠어서요."

덕희는 벽시계를 봤다.

"점심시간 때까진 못 나가는데."

"근무는 언제 끝나죠?"

"오후 4시가 되어야 마칩네다."

"그 시간에 다시 오겠습니다. 그런데 잠시만 좀……"

인석이 복도 쪽을 향해 눈짓을 하자 덕희는 차트를 꽂아놓고 나왔다. 인석과 덕희는 출입구 쪽으로 나란히 걸었다. 접수 창구로부터 충분히 멀어졌을 때, 인석이 입을 열었다.

"제 형의 이름은 차현석이 아닙니다. 저와는 이름 첫 자를 돌림으로 쓴답니다. 마지막 자는 '우'자를 쓰지요."

덕희는 그 자리에 우뚝 섰다. 동그마한 얼굴이 납처럼 굳었다. 인석은 뒷걸음질치며 덕희를 향해 말했다.

"4시에 다시 오겠습니다."

인석은 검지를 입가로 가져가 세워보인 뒤 돌아서서 출입문을 향해 성큼성큼 걸었다.

30

혁수는 지은의 설명을 귀 기울여 듣고는 반색했다.

"괜찮네! 모빌 같은 느낌이 날 것도 같고."

혁수는 손이 빨랐다. 작업안이 구체화되자 곧바로 연장을 가져와 신속하게 움직였다. 지은과 손발이 맞았다. 작업 도중 칠이 벗겨진 부분이 있어서 그 부분을 손보고 났더니 새벽 1시였다. 지은은 날이 밝을 때까지 기다렸다 떠나기로 했다. 외진 곳이라 자정을 넘긴 시각에 나가는 것이 내키지 않았다. 지은이 하품을 하자 혁수가 사무실 소파를 가리켰다. 잠깐이라도 눈을 붙이라는 거였다. 아카데미 시절에는 과제를 하다가 작업실 구석에 되는대로 쓰러져 잠들기도 했었다. 하지만 지금처럼 한 공간에 남자와 단둘이 있었던 적은 없었다. 혁수가 지은의 내심을 눈치채고 말했다.

"자리 비켜줘?"

지은은 아니라고 버텼지만 사실은 그냥 누워버릴까

도 싶을 정도로 졸렸다. 눈이 가물가물 감길 정도로 혼미한 와중, 인석이라는 유령을 생각했다. 어쩐지 혁수와 이 기막힌 사연을 공유하고 싶다는 마음이 들었다. 인석의 존재는 혼자만 알고 있기에는 무게가 컸다. 누군가와 함께 들고 싶은 짐이랄까.

"선배님, 혹시…… 종교가 있으세요?"

조심스럽게 시도한 접근이었다. 혁수는 고개를 저으며 씩 웃었다.

"난 아무것도 믿지 않아. 신이라는 게 있다면 세상을 이 모양 이 꼴로 돌아가도록 놔두겠어?"

혁수의 반응에 지은은 의욕을 잃었다.

"갑자기 왜?"

혁수가 빤히 보며 되묻자 지은은 더욱 자신이 없어졌고, 결국 웃으며 말을 돌렸다.

"그냥 좀 황당한 얘기를 들어서요. 어디든 그런 이야기 한 가지씩 있잖아요. 교실에 자정이면 여학생 하나가 나타나 매일 같은 자리에서 공부하고 있다던지 뭐 그런 얘기요."

혁수가 픽 웃으며 대꾸했다.

"멀리 갈 것도 없이 파인아트센터에도 그런 이야기

하나 있잖아. 그 얘기 하려던 거 아냐?"

지은은 깜짝 놀라 눈을 치떴다. 혁수가 지은의 얼굴을 흘끔 보더니 능청을 떨었다.

"거기에도 원한 맺힌 귀신이 하나 있어서 가끔 출몰한다는 소문이 있지."

"어떤 원한이요?"

혁수는 바지에 묻은 톱밥을 툭툭 떨어내며 말했다.

"글쎄, 그건 잘 모르겠고 기가 막히게 예쁘다던데?"

"귀신이 여자란 말이에요?"

혁수는 소파에 앉아있는 지은의 곁을 스쳐 출입문 쪽으로 가면서 장난기 섞인 표정을 지어 보였다.

"귀신은 여자여야지. 머리도 길게 풀어 헤치고 그래야 하니까. 왜, 꽃미남 총각 귀신이면 좋겠어?"

혁수는 피들피들 웃으며 화장실로 갔다. 지은은 갑자기 긴장이 풀어져 소파에 몸을 묻었다. 하기야 인석의 존재를 누가 믿겠는가. 혁수는 비누 냄새를 풍기며 물기 머금은 얼굴로 돌아왔다. 혁수는 수건을 꺼내 얼굴을 닦고는 책상으로 갔다. 컴퓨터를 켜면서 자리에 앉더니 부팅이 되는 동안 책상 위의 로션을 집어 들었다. 우습게도 베이비로션이었다. 혁수가 얼굴과 손에

로션을 바르자 향이 풍겨왔다. 숙면에 좋다는 라벤더 향 때문일까. 지은은 본격적으로 졸기 시작했다. 이후의 대화가 희미한 건 그 때문일 것이다. 지젤. 혁수가 지젤 공연을 본 적이 있냐고 물었었나. 발레에는 큰 흥미가 없다고, 지은이 웅얼웅얼 대답했을 것이다.

문득 눈을 뜬 건 담요 바깥으로 나온 얼굴에 한기를 느꼈기 때문이었다. 지은은 잠에서 깨어 잠시 헷갈렸다. 여기는…… 아, 그렇지, 제작소. 잠깐 소파에 눕겠다는 거였는데 자버리고 만 것이다. 부스스 일어나 앉으니 담요가 바닥으로 떨어졌다. 담요를 덮어주었을 혁수는 없었다. 지은은 늘어놓은 소지품들을 모아 가방 안에 쑤셔 넣고 출입문 쪽을 바라봤다. 날이 서서히 밝고 있었다. 방을 나서려는데 문득 책장으로 눈이 갔다. 책 하나가 폭이 넓은 탓에 바깥으로 툭 튀어나와 있었다.

《바그너의 오페라와 생애》

지은은 책을 뽑아 들고 휘리릭 넘겼다. 사진 위주로 훑어보는데 유독 밑줄이 많이 그어진 부분이 있었다. 그중 한 페이지에 실린 사진에 눈이 갔다. 험준한 계곡으로 꾸며진 무대 한가운데 커다랗고 평평한 바위가 놓여있고, 그 위에 연푸른 드레스를 입은 여자가 누워있었다. 오른편 여백에는 연필 낙서가 있었다.

프레이야. 프레이야. 프레이야

지은은 책을 덮었다. 흥미로운 내용이 많아 좀 더 보고 싶으나 제작소에는 자주 올 테니 다음으로 미뤄도 될 일이다. 건물 밖으로 나오니 새벽의 찬 습기가 훅 끼쳐왔다. 지은은 무거운 다리를 이끌고 밤이슬에 흠뻑 젖은 차로 걸어갔다.

31

"상원씨, 자꾸 제동 걸어서 미안한데, 감정을 더 격렬하게 토해줘야 한다고! 알잖아? 이게 한유 입장에서 보면 절체절명의 위기거든!"

연출은 대본을 흔들며 목소리를 높였다. 얼굴이 벌겋게 물들어 있었다. 상원의 얼굴도 화끈 달아올랐다. 우종이 신경 쓰였다. 우종의 담담한 표정 아래 깔려있을 조소가 보이는 듯했다. 주제에 무슨 주인공을 한다고.

감정의 폭발력 부족. 연습 때마다 지적받고 있었다. 우종과 상대 연기를 펼칠 때면 상원의 취약점이 더 두드러졌다. 배역에 배당된 감정 분량이 훨씬 적어도, 우종의 존재감은 상원보다 더 컸다. 연출이 말했다.

"상원씨한테 제일 중요한 게 뭐야! 정체성을 대변하는 거. 음악 아니야? 노래를 못하게 되었다고 생각해보라고! 목소리를 내지 말래, 가수는데! 돌아버리지 않겠어? 시를 못 쓰는 한유의 심정을 거기다 대입해 봐!"

상원은 휴식 시간이 되자마자 로비로 나왔다. 벗어나고 싶었다. 연습을 구경하던 윤희가 따라 나와 상원을 좇았다. 상원은 윤희에게 이끌려 엘리베이터를 탔다.

조작실 내부 문으로 나가면 철제 교각에 서게 된다. 두 사람은 교각에 선 채로 아래를 내려다봤다. 허공을 가로지르는 배턴과 조명기구들 사이로, 저 아래 무대에서 쉬고 있는 배우들이 보였다. 간간이 잡음이 튀어 올라왔다. 망연자실 아래를 보고 있던 상원이 힘없이 입을 열었다.

"윤희야."

윤희는 난간을 짚고 서서 상원이 말을 잇기 기다렸다.

"저번에 나더러 이 뮤지컬 하라고 설득하면서 그랬었잖아. 한유 역에 나를 밀고 있는 이유가 있다고."

윤희는 대답 대신 되물었다.

"그땐 그런 게 어디 있냐고 버티더니."

상원은 윤희의 옆모습을 바라보았다. 낮은 조도의 빛이 드리워진 윤희의 얼굴이 사뭇 연극적으로 보였다. 윤희가 느닷없는 말을 꺼냈다.

"생각나? 신입생 오리엔테이션."

상원이 의아해하자 윤희가 힌트를 줬다.

"더 뮤직 오브 더 나이트."

당시 공대와 미대는 신입생 오리엔테이션을 같은 장소로 갔다. 총학생회에서 숙소 하나를 규모가 큰 곳으로 잡는 바람에 두 단과대가 합쳐진 것이었다. 윤희가 공대생들 사이에서 유명해진 것도 그 때문이었다. 신입생 중 압도적으로 예뻤으니까.

재학생들이 미리 계획해 놓은 건축과의 장기자랑은 뮤지컬《오페라의 유령》하이라이트 장면 연출이었다. 상원을 포함한 신입생 셋은 무작위로 뽑혀 연습해야 했다. 상원은 반쪽 가면을 쓰고 검은 망토를 펄럭이며 강당의 무대 중앙에 섰다. 좌중에서 함성이 터져나왔다. 상원의 노래가 울려 퍼지자 좌중은 쥐 죽은 듯 가라앉았다.

상원은 그때 마주했던 수많은 눈동자와 호흡을 기억해냈다. 윤희의 얼굴에도 아련한 빛이 떠올랐다.

"그날, 네가 얼마나 타올랐었는지 알아? 네 목소리와 에너지가 그 큰 홀을 그득히 채웠었잖아. 오페라 유령의 카리스마를 표현해냈던 그때의 문상원이 아직도 눈에 선해."

윤희가 상원의 눈을 들여다봤다.

"그때의 네가 지금의 너와 다를까? 나는 내가 본 걸 믿어. 그날의 그 에너지를."

"넌 어떻게 그렇게 나를…… 아니, 네 판단을 확신해?"

"네 안의 불꽃을 느꼈거든. 네가 아무리 차분한 노래로 그걸 눌러도 난 알아. 결국 댕겨질 그 불 말이야."

상원은 윤희의 엄숙함이 낯설어 아무 말도 하지 못했다. 그런데도 윤희의 격려에 가슴이 뜨거워지는 자신을 부정할 수 없었다.

32

"그 돈을 다 혼자 꿀꺽했단 말이야?"

"글쎄, 그렇다는데 좀 이상하긴 해."

"대표님 난감하시겠지?"

"그러게. 대놓고 감싸기도 그렇고 함부로 징계하기도 좀 뭣하잖아. 조카인데."

사업부 직원들의 구둣발 소리는 한 지점에서 두 갈래로 갈라진 뒤 서서히 멀어졌다.

소문은 장마철 하천처럼 빠르고 급격히 불어 올랐다. 창업자의 직계 후손이 아트센터 수익의 상당 부분을 착복해 왔다는 것, 정부가 지급한 문화예술지원금의 상당량도 제대로 분배되지 않고 있다는 것이었다. 포털을 뒤덮은 기사들에 의하면 조윤희는 가지지 못한 자들의 피까지 빨아먹는 미모의 악마였다. 파인아트센터의 비리, 기획전략실 조윤희라는 말들은 삽시간에 뜨거운 감자가 됐다.

해당 기사를 훑어보던 윤희는 추천 수가 높아 상단에 올라와 있는 댓글 하나를 발견하고는 멈칫했다.

놀랍지도 않네. 거기 원래 적폐 아닌가? 5공 때 한 짓만 봐도.

윤희의 등줄기로 서늘한 기운이 지나갔다.

5공이라니.

33

윤희는 집무실 문을 잠그고 서가로 갔다. 서가는 수찬이 아끼던 공예품으로, 윤희가 물려받아 쓰고 있었다. 명화는 골동품에 관심이 없었다. 서가 서랍에는 수찬의 물건들이 그대로 들어차 있었다. 윤희는 서랍을 차례로 열어보았다. 말아놓은 포스터, 아트센터 로고가 새겨진 기념품 같은 것들이 있었다.

다른 곳을 찾아봐야 하나 싶던 차, 서랍 안쪽 깊이 누운 서류 봉투가 눈에 들어왔다. 봉투 안으로 얄팍한 책 한 권의 두께감이 만져졌다. 봉투 아래에는 푸른 벨벳 상자가 누워있었다. 윤희는 상자를 먼저 집어 뚜껑을 열었다. 안에 든 것은 금색 상패였다. 상패 가장자리에는 좌우 대칭의 봉황이 있었고, 무궁화도 있었다.

공로상. 조수찬. 예술계에 끼친 지대한…… 이 상을 수여함.

1983년 12월

상패 하단에는 전직 대통령의 이름과 직인이 찍혀있었다. 윤희는 상패를 내려놓고 조금 전의 그 봉투를 열었다. 봉투 안에는 공연 프로그램 몇 권이 있었다. 제목은 《태양의 눈물》이었다. 표지를 들추니 공연 기획 의도와 시놉시스가 쓰여있었다. 페이지를 더 넘기자 공연에 참여한 사람들의 사진과 프로필이 보였다. 출연진 상당수가 현재 원로로 활동 중인 유명한 배우들이었다. 무려 30년도 더 된 일이니 그들도 젊었다.

윤희의 눈이 한곳에서 멈칫했다. 아역배우들을 소개한 부분이었다. 다섯 살쯤 되었을까. 가느다란 눈매와 동그란 이마를 가진 아이. 사진 아래에 익숙한 이름이 박혀 있었다. 신혁수. 혁수가 아트센터의 공연에서 아역배우를 했었다니. 점입가경이었다.

온라인을 달구고 있는 비난 댓글들이 눈앞에서 맴돌았다. 《태양의 눈물》이 어떤 이를 미화하고자 제작된 공연인지는 시놉시스에 자명하게 드러나 있었다. 당시 정권과의 연관성을 부정하는 건 불가능했다. 윤희는 전화기를 꺼내 아트센터 홈페이지로 들어가 봤다. 상단의 아이콘이 안내하는 대로 따라가 연혁을 살피니 파인아트센터의 정리된 역사가 한눈에 들어왔다.

1983년 11월 소나무극장 확장 계획 발표
1984년 3월 소나무극장 확장 공사 시작
1985년 5월 파인아트센터라는 새 이름으로 재개관

무력으로 정권을 갈취한 자가 국민의 환심을 사기 위해 총력을 기울이던 시기였다. 윤희는 물건들을 서랍 속에 도로 넣었다. 일어서려는데 몸이 휘청했다. 쭈그려 있다가 급작스럽게 몸을 펴서 그런지 현기증이 일었다. 중심을 잡으려고 서가 모서리를 잡는다는 게 팔을 허우적거리며 엉뚱한 것을 건드리고 말았다. 윤희의 손에 얻어맞은 시계 상자가 모서리로 밀려나 바닥에 내동댕이쳐졌다. 윤희는 망연히 서서 시계 상자를 내려다봤다. 뚜껑 유리에 선연한 금이 생겼다. 믿고 있던 세계의 균열 앞에서, 윤희는 주저앉아버렸다.

34

　덕희의 고향은 청진이었다. 함경도에 살다가 왜 황해도로 이주한 건지 물었을 때 덕희는 대답을 피했었다. 이야기를 풀어놓은 건 만남이 거듭되어 인석에게 신뢰가 쌓인 후였다. 어릴 적 덕희는 아버지를 좋아했다. 마을 사람들은 덕희에게 함부로 하지 못했다. 일본이 패전을 선언한 얼마 후, 사람들이 마당에 모여 고함을 질러댔다. 아버지는 마당 한가운데에 꿇어앉아 있었다.

　"죽여버리라우!"

　"간나 새끼!"

　모두 아버지를 때려죽일 것처럼 분노에 차 있었다. 일촉즉발로 한 사내가 나섰다. 사내가 나서 말하길, 경찰서에 잡혀 들어간 적이 있었는데 덕희의 아버지 덕에 위기를 모면했다는 것이었다. 그가 몰래 봐주어 경찰서를 빠져나올 수 있었던 조선인들이 많다고 했다. 덕희의 아버지는 가까스로 목숨을 건졌지만 이후 마을을 떠났다. 일제의 경찰을 하고 지냈던 이상, 발 뻗고 살 수가 없었다.

아버지가 어디로 간 건지 어머니는 말해주지 않았다. 덕희와 동생들은 아버지가 남쪽으로 갔다고 짐작했다. 이후 남은 식구들도 청진을 떠났다. 새 터전은 청진에서 먼 곳이었다. 해주로 온 덕희네는 처마 끝에 판자를 이어 구멍가게를 냈다. 센베이, 담배, 성냥 같은 것을 늘어놓고 팔았으나 구멍가게 수입에 의존하는 타향살이는 녹록지 않았다. 때마침 당 차원에서 추진하는 의료 인력 충원 바람이 일었다. 속성으로 간호부 과정을 마치면 취업을 할 수 있다고 했다. 덕희는 여섯 달 만에 간호부 과정을 마치고 사리원에 있는 도립의원으로 발령받았다. 해주에서 가까운 편이고, 기숙사가 있어서 잠잘 곳 걱정을 하지 않아도 되었다.

어느 날 길목을 지나는데 낯선 남자가 불러 세웠다. 남자가 건넨 얇은 녹색 책 표지에는《공산당 선언》이라는 제목이 달려 있었다. 남자는 책을 읽어보고 관심이 있으면 독서 모임에 나오라고 했다. 말씨가 생소했다. 덕희는 책을 받아들고 숙소로 돌아왔다. 가로등 불빛 아래에서 본 생김새도 아른거렸다. 얼굴선에 각이 없는 것이, 청진에서는 물론이거니와 해주에서도 흔한 얼굴이 아니었다.

금요일 오후, 퇴근한 덕희는 옷을 갈아입고 머리를 빗었다. 남자에게 받은 책을 가방에 넣고 기숙사를 나섰다. 신작로 건너 길을 따라 걷다가 1층에 정미소가 있는 모퉁이 건물 2층이라고 했다. 며칠 사이 부쩍 온화해진 기온 때문이었을까. 땅거미가 내려앉는 시간임에도 내면의 생기가 살갗을 뚫고 나오는 것 같았다. 외로운 도시, 성미가 칼 같은 방 동무에 지쳐있던 심신에 기대감이 부풀어 올랐다. 걸음을 재촉해 정미소 간판을 찾아냈다. 건물 2층으로 올라가 문 앞에 섰다. 문고리를 밀자 빠끔히 열린 문 너머로 돌아보는 눈들이 있었다. 그 남자도 보였다. 남자가 반가운 얼굴로 와서 손을 내밀었다.

"잘 오셨습니다. 차인우라고 합니다!"

인석이 파주로 갔을 때 인우는 이미 북에 가 있던 거였다.

35

혁수가 미술실의 문을 두드렸다. 지은은 반가운 얼굴로 혁수를 맞았다.

"바쁜가 봐?"

"좀 바쁜 건 맞는데 괜찮아요. 커피 한잔하세요."

지은은 커피 캡슐을 집으며 물었다.

"카푸치노 해드릴까요?"

"좋지!"

지은은 카푸치노에 시나몬을 뿌려 혁수에게 건넸다.

"어쩐 일로 나오셨어요?"

"황학동이랑 을지로 한 바퀴 돌고 잠깐 들렀어. 세트 들여올 날 상의도 할 겸 해서. 극장 분위기가 대체 어떤지 좀 봐야 할 것도 같고. 요새 좀 그렇잖아."

혁수는 카푸치노 거품에 입술을 묻으며 창을 봤다. 눈이나 비를 뿌릴 것 같은 날씨였다. 혁수가 불쑥 질문을 던졌다.

"하나 물어보자. 이번 공연 책임자가 조부장에서 곽 감독으로 대체된다는데, 사실이야?"

지은은 말을 아꼈다. 루머가 있긴 하지만 아직 공표된 건 아니었다. 윤희의 스캔들 리스크를 줄여보려는 극장 측의 임시방편인가 본데 루머가 제작소까지 흘러들어간 걸 보면 곽병우가 나팔을 불고 다니는 건지도 모른다. 지은이 모르겠다고 하자 혁수는 지은의 얼굴을 물끄러미 바라봤다. 어금니에 힘을 주고 있는 듯 묘한 표정이었다. 평소 같지 않았다.

혁수가 카푸치노를 다 마실 무렵, 유신이 지은에게 전화를 했다. 문자를 보냈는데도 답이 없어서 걸었다고 했다. 카푸치노 거품 만드는 소리가 요란해 신호음을 듣지 못한 거였다. 유신은 2군 배우 의상 문제로 윤희와 상의를 하려는데 연락이 닿질 않는다며 소재를 물었다. 윤희가 출근하지 않았다는 말을 듣자 배우들이 극장에 있는지를 물었다. 가봉하러 올까 한다고. 지은은 상원도 오지 않은 날이니 다른 날로 잡는 게 좋겠다고 했다. 주인공도 없는데 의상을 들고 와 허탕 치게 할 수는 없었다.

지은이 통화를 마치자, 혁수가 잔을 내려놨다. 왠지

기분이 좋지 않아 보였다.

"일이 잘 안 돌아가는 모양이네. 이곳저곳에서 결근이고."

지은은 공연히 화풀이를 당하는 게 억울했지만 기껏 일을 하고 보상을 받지 못하게 될까 싶어 불안해하는 유신과 혁수의 입장을 이해하지 못하는 바는 아니었다. 지은은 분위기를 바꾸려고 불쑥 말을 꺼냈다.

"참, 그날 제작소에서요. 제가 책 하나를 꺼내 보게 되었는데 다음에 저 그것 좀 빌려주시면 안 돼요?"

혁수가 의문을 담은 눈으로 지은을 봤다.

"바그너의 오페라에 관한 책이요. 사진 자료가 볼만 하던데, 그날 급히 나오느라고 찬찬히 못 봐서 아쉬웠 거든요."

혁수는 흔쾌히 빌려주겠다는 답을 하지 않았다. 지은은 괜한 말을 꺼냈나 싶었다.

"아끼시는 책이면 그냥 나중에 제작소에서 봐도 되고요. 그건 괜찮죠?"

혁수는 마지못해 고개를 끄덕였지만 빌려가라는 소리는 끝내 하지 않았다.

36

"비상! 비상!"

잠에 빠져있던 대원들은 영문을 모르고 부스스 일어나 앉았다. 쾅쾅. 대문 두드리는 소리였다. 누군가 방문을 열었다. 헌병이 방 앞으로 와서 다급히 말을 쏟아냈다.

"작전상 후퇴입니다. 숙소 앞에 차가 대기하고 있습니다. 전 대원은 즉각 짐을 챙겨서 밖으로 나와 정렬하십시오!"

다 이긴 전쟁이라고 마음을 놓았던 게 불과 2주 전이었다. 중공군 개입 소식이 들려왔지만 고지가 코앞인데 쉬이 무너질까 싶었다. 참담함은 잠시, 인석은 부리나케 몸을 움직였다. 짐은 쌀 것도 없었다. 덕희를 만난 이후, 짐은 항시 정돈 상태로 대기 중이니까. 덕희에게도 늘 떠날 채비를 하고 있으라고 일러두었다. 언제고 인우를 만나게 되면 무슨 짓을 해서든 남하하게 할 작정이었다. 반년간 이어진 전투를 지켜본 결과, 그 어떤 이념도 안전한 게 못 된다고 판단했다. 인우가 포로로 잡혀있을 경우, 국군의 도움을 기대하긴 어려웠다. 찾아서 은밀하게 남쪽으로 데려갈 방법을 궁리했지만 아직 답을 얻지는 못했다.

인석은 외투와 목도리, 귀마개를 부리나케 착용했다. 용욱에게 짐을 맡기면서 전했다.

"시간을 끌어줘."

숙소 바깥에 군용 트럭 세 대가 대기 중이었다. 인석은 몰래 숙소 뒤편으로 가 담을 뛰어넘었다. 발이 땅에 닿자마자 미친 듯 내달렸다. 겨울밤 찬 공기가 무색하게 병원 기숙사 앞에 도착했을 때는 온몸에 땀이 흘렀다. 방문 앞에 당도해 조용히 문을 두드렸다.

"누구시까?"

효선의 목소리였다.

"접니다. 차인석."

덕희와 효선은 잠옷 바람이었고, 몹시 놀란 듯 눈을 동그랗게 떴다.

"이 시간에 무신 일로?"

인석은 덕희의 질문을 뒤로하고 몸을 방 안으로 밀어 넣었다. 격식을 차릴 때가 아니었다.

"당장 떠나야 합니다. 긴급 남하하라는 명령이 떨어졌어요. 트럭이 대기하고 있으니 바로 가야 해요!"

놀란 덕희는 어찌할 바를 모르고 허둥댔다.

"짐은 어디에 있습니까?"

덕희가 침대 아래를 가리켰다. 인석은 침대 옆에 엎드려 팔을 뻗었다. 가방이 끌려 나왔다. 효선은 침대맡에 개어놓은 덕희의 옷을 집어주면서 재촉했다.

"날래 움직이라우!"

덕희는 잠옷 위에다 치마를 둘러 입고 마구잡이로 옷을 껴입었다. 효선은 방을 훑으며 몇 안 되는 덕희의 잡동사니를 추려 가방에 쑤셔 넣어 주었다. 방을 나서기 전 덕희와 효선은 손을 맞잡았다.

"몸조심하라우!"

"너도."

가까스로 숙소 앞에 당도했을 때, 트럭은 한 대밖에 남아있지 않았다. 그마저도 막 출발하려던 참이라 놓칠 뻔했다. 용욱은 인석이 온 걸 발견하고 안도의 표정을 지었다. 운전병이 인석을 보고는 벌컥 짜증을 냈다.

"이제 오시면 어떡합니까?"

운전병은 피우던 담배를 신경질적으로 내던지고 차에 올랐다. 인석은 눈치를 보면서 덕희가 트럭에 오르는 걸 도우려 했다. 정훈대원들 중 여학생도 있었기 때문에 눈속임을 해볼 요량이었다. 트럭 옆을 지키던 헌병이 막아섰다.

"잠깐!"

헌병은 운전병에게 사인을 보내 출발을 저지하고는 의구심에 찬 눈초리로 덕희를 훑어봤다.

"이 사람은 누굽니까?"

인석은 미리 준비해둔 대답을 했다.

"제 아내 될 사람입니다."

헌병은 기가 찬다는 표정을 지었다. 헌병에게 비칠 인상이야 염두에 둘 필요는 없으나 그의 판단은 중요했다. 헌병이 갈등하는 동안 인석은 피가 말랐다.

"도립의원 간호부입니다. 가는 도중 환자가 생길 수도 있으니 요긴한 인력이 될 겁니다."

인석은 자신감을 보이려 애썼다. 덕희가 간호부인 건 사실 아닌가. 인석은 보란 듯 덕희의 손을 쥐었다. 얄은 수였으나 해볼 수 있는 건 다 해볼 참이었다.

"이 사람, 여기 남아있으면 위험해집니다. 남한에서

온 정훈대원 애인이었다는 것이 주변 사람들에게 알려져 있고, 실제로 우리의 선무 활동을 많이 도왔으니까요. 어떤 인물들을 공략해 활동을 펼쳐야 효과적인지 이 사람으로부터 정보를 많이 받았습니다."

헌병이 별수 없다는 듯 트럭 쪽으로 턱짓을 했다.

"대신, 당신이 신원 보증을 해야 합니다."

인석과 덕희가 트럭에 오르자 용욱이 제 가방을 놓아두었던 자리를 비켜 내주었다. 트럭이 출발했고, 모두의 입에서 입김이 새 나왔다. 골목을 빠져나간 트럭이 커브를 돌자 인석의 팔에 덕희의 어깨가 부딪쳐왔다. 인석은 숨을 고르며 덕희를 살폈다. 급히 오느라 덕희의 외투 단추가 죄 열려 있었다. 인석은 덕희의 외투 앞섶을 가리켰다. 덕희가 고개를 숙여 단추를 잠그고 있는 동안 인석은 두르고 있던 목도리를 풀어 건넸다.

"둘러요. 땀이 식으면 추워질 거예요."

덕희는 망설이다가 목도리를 받아들고 목에 감았다. 인석은 노곤해진 몸을 짐칸 천막에 기댔다. 트럭은 검은 밤 속에 헤드라이트를 쏘아대며 남쪽을 향해 달렸다.

37

지은은 잔을 내려놓으며 헛웃음을 쳤다. 엄밀히 말하면 우종은 외부자다. 계약직이긴 해도 일종의 내부자라 볼 수 있는 자신에게 윗사람을 조심하라니.

"제가 내부자인 거 잊으셨나 보네요. 제가 대표님한테 이르면 어쩌려고."

"아직 내부자라고 하긴 이르지 않나요? 그리고 조명화 대표 같은 사람하고 친해질 유형 아니잖아요."

지은은 계약직 신세인 자신을 내부자로 칭한 것에 수치심을 느끼곤 입을 다물었다. 어쩐지 우종에게 말려드는 기분이었다. 건너편 건물, 피트니스 센터의 불빛이 유독 훤했다. 새로 주문한 모히토에서 싸한 박하 향이 올라왔다. 지은은 덤덤한 척하며 잔을 집어 들고는 술 한 모금에 괜스레 이마를 찌푸렸다. 태연한 척하면서도 속은 부글부글 끓어올랐다. 우종은 지은이 하는 양을 보고 있다가 불쑥 입을 열었다.

"친한 선배 중 무용과 출신이 있어요. 어쩌다가 이쪽에 발을 들여서 지금은 뮤지컬만 하는데 원래는 발레 전공자거든요. 체중 조절에 실패해서 발레로는 글러먹은 몸이 됐죠."

무용계 이야기. 지은은 대표와 관련된 사연일 거라고 감을 잡고 귀를 기울였다.

"발레에 미련이야 있었겠지만 여자친구 서포트해주는 것으로 위안을 삼았나 보더라고요. 여친도 발레 했었거든요."

우종은 얼음물을 집어 들고는 단숨에 반 이상을 들이켰다. 지은은 이야기 속에 좀 걸리는 부분이 있다 싶었다.

"근데 우종씨, 지금 전부 과거형으로 말하고 있는 거 알아요?"

우종이 눈을 빛내며 대답했다.

"죽은 사람이니까요. 그 선배 여자친구."

이윽고 우종도 술잔을 집어 들었다. 술이 목으로 넘어갈 때 우종도 얼굴을 조금 찌푸렸다.

"공연 하나를 앞두고 유럽에 나갔었다는데, 다녀온 지 얼마 안 있다가 차도에 뛰어들었대요. 사고 후에 경찰이 주변 조사를 해봤지만 모두 이유를 모른다고만 하고요."

우종은 잠시 간격을 두었다가 덧붙였다.

"그때 무용수 둘을 데리고 파리로 갔었던 사람이 조명화 대표예요."

지은은 얼굴을 굳혔다. 숨이 드나드는 곳에 마개가 날아와 박히는 느낌이었다.

"대표님이요?"

"선배는 그 두 사람, 그러니까 조명화 대표하고 또 다른 무용수가 뭔가를 숨기고 있다고 생각해요."

"왜요?"

우종은 어깨를 으쓱였다.

"이구동성으로 모른다고 일관하는 것이 이상하지 않나요? 그 사건 직전에 파리에 가서 내내 시간을 함께 보낸 사람들이면서."

지은은 표정을 드러내지 않으려 애를 썼다. 대표를 감쌀 마음 같은 건 아니었다. 대표를 딱히 좋아하지도 싫어하지도 않는다. 다만 두 사안을 잇는 건 억지 같았다. 우종은 자조적으로 눈썹을 치켜올렸다.

"아무튼 난 요즘 그 선배랑 연락을 잘 못하고 있어요.

내가 이 오디션을 봤고 결국 참여하게 되었으니까요."

"그게 어때서요?"

"그때 조대표가 기획하려던 그 창작 발레, 그게 바로 시인 한유 이야기잖아요."

지은은 살갗에 소름이 돋는 걸 느끼는 동시에 상기했다. 대표가 한유 시인 소재에 떨떠름했었다는 사실을.

"대표님은 그렇다 치고, 파리에 같이 갔었다는 다른 발레리나, 그 사람은요?"

"별 탈 없이 잘산다던데요? 예고에서 무용과장 하고 있다니 그쯤 되면 철밥통 챙긴 거죠."

"그 사람을 통하면 알아낼 수도 있었지 않을까요? 사건과 직접적인 연관이 된 게 아니라면 말해줄 수도 있잖아요."

"그 여자가 무용과장으로 있는 세림예고 재단 이사장이 조대표 외삼촌이에요."

우종이 시니컬하게 덧붙였다.

"답 나오지 않아요?"

38

미술실은 비어있었고, 한가운데에 무대 모형이 있었다. 남자는 모형 앞으로 다가가 안을 들여다봤다. 유선형의 바위산 덩어리 세트. 지은이 아이디어를 내 수정했던 실물 세트의 모형 버전이었다. 남자는 손가락으로 무대 바닥의 한 지점을 짚고 옆으로 쓱 밀었다. 조형물이 빙글 돌았다. 모형도 실제 무대처럼 바닥이 회전하도록 제작되어 있었다. 그는 모형 바깥쪽에 세워둔 사람 모형을 흘끗 보고는 하나를 집어들어 세트에 올려놓았다.

생각에 잠겨있던 남자는 미술실을 나와 조작실로 갔다. 무대를 내려다보려고 교각으로 나가려다 한순간 멈칫했다. 문이 반 뼘가량 열려 있었다. 열린 문틈으로 무대에서 올라오는 소음이 새어 들어왔다.

남자는 미동도 않고 서서 교각 위의 두 사람을 바라보았다. 쇠붙이들과 와이어들이 지나가는 허공의 교각

위에서, 한 남자와 한 여자가 서로의 입술을 맞대고 있었다. 문틀을 붙잡고 선 남자의 손마디가 하얗게 불거졌다.

39

트럭이 쉴 새 없이 덜컹거려서 속을 게워 올리는 이들이 속출했다. 덕희도 두 번을 내려서 토악질을 했다. 운전병이 일러주길, 개성까지는 못 왔고 예성강을 건넜다고 했다. 덕희는 기운이 다 빠진 모습으로 덤불 뒤에서 걸어 나왔다.

트럭에 오른 덕희는 수건을 꺼내 입가를 닦고는 축 늘어졌다. 그러다 문득 생각났는지 가방을 뒤졌다. 덕희가 인석의 팔꿈치를 건드리면서 무언가를 내밀었다. 손에 잡히는 크기의 빳빳한 종이였다. 덕희의 낮고 은밀한 목소리가 인석의 귀로 파고들었다.

"남쪽 군인들이 북진해올 때 급히 사리원을 뜨면서 주고 갔시다. 없어진 줄 알고 하나를 더 만들었는데 원래 것을 찾게 되었다고 하두만요. 상황이 바뀌면 필요해질 거라며 잘 숨겨두라고 했는데, 이제 나보다는 당신한테 필요하갔디요. 형을 찾으러 다시 갈 거라 했지

압소?"

인석은 인우의 노동당원증을 건네받았다. 어두워서 잘 보이진 않았지만 잘라 붙인 인화지 조각의 모서리가 만져지는 걸로 보아 사진이 붙어있다는 걸 알 수 있었다. 인석과 닮았지만 한층 더 서글서글한 인우의 얼굴이 박혀 있을 터였다. 형제는 아버지의 기름한 얼굴형을 고대로 빼다 박았다.

"얼마나 더 가야 하는 거야, 대체? 몇 시쯤 됐어?"

용욱은 곱은 몸을 억지로 펴 기지개를 켜더니 눈가를 비볐다. 인석은 황급히 당원증을 품에 숨겼다. 용욱과 몇 마디 이야기를 나눈 후 돌아보니 덕희가 사시나무처럼 떨고 있었다. 몇 개 집어먹은 건빵까지 다 게워내고 속이 비었으니 기력이 바닥났을 것이다. 인석은 외투를 벗어 덕희에게 덮어주고는 덕희의 손을 자신의 손바닥 사이에 놓고 문질렀다. 영임이 춥다고 할 때마다 해주던 습관이었다. 덕희의 손에 온기가 돌기 시작할 무렵, 용욱이 말했다.

"동이 트려나 보다!"

조금 걷어본 천막 밖 풍경에 엷으나마 사물의 형태

가 잡혀있었다. 인석은 덕희를 위로했다.

"조금만 참아요. 해가 곧 뜰 것 같아요."

덕희는 게슴츠레한 눈을 들고 고개를 끄덕이더니 도로 눈을 감았다. 그로부터 10여 분이 지났을까? 트럭의 속도가 돌연 줄어들다가 이윽고 멈췄다.

"무슨 일이지?"

40

소극장 공연이 있는 날이었다. 리허설 무대에는 심해를 연상케 하는 세트 막이 내려와 있고, 젊은 남자 무용수가 독무를 추고 있었다. 객석의 유신이 지은을 발견하고는 손을 흔들었다. 당일 공연의 의상을 맡았다고 했다. 옆에 있던 전선생이라는 무용가가 대뜸 지은의 의견을 구했다.

"무대, 어때요?"

지은은 개성 없는 세트에 잠깐 시선을 주고는 패턴이 예쁘다는 알맹이 없는 말로 민첩하게 대꾸했다.

전선생의 조교라는 이가 오더니 속닥거렸다.

"채우긴 할 수 있을 것 같아요."

전선생이 조교와 자리를 뜨자 유신이 피식 웃었다.

"발등에 불 떨어졌다더니 해결 봤나 보네."

"뭐가요?"

"교수들 논문 달성 목표 수 그런 거 있잖아. 무용과

니까 작품 발표회로 대신하면 되는 건데, 급하게 준비해야 해서 번갯불에 콩 구웠지. 관객 동원도 그렇고."

저만치서 전선생이 반색하며 외쳤다.

"세림예고도?"

지은의 귀를 세우는 말이었다. 세림예고. 대표의 외가가 소유하고 있다는 그 학교였다. 그 학교 학생들이 객석 채우기에 동원된다는 말이다.

공연 시간이 임박해오자 객석이 차기 시작했다. 소극장이 바글바글해졌다. 지은은 교복들을 주시하고 있다가 세림예고 무리를 찾아냈다. 그 학교에 진학한 중학교 동창을 동네에서 몇 번 마주쳐서 교복 디자인을 기억하고 있었다. 지은은 로비로 가던 중 한 여자가 복도 맞은편에서 걸어오는 걸 봤다. 단발머리에 실크 스카프. 지은은 그녀가 세림예고 무용과장인 걸 알아챘다. 공연 시작 15분 전, 지은이 케이블 점검 문제로 객석 통로를 오가고 있을 때 단발머리가 들어와 무대 앞쪽 비워둔 자리 중 하나를 차지하고 앉았다.

뒤풀이 장소에는 출연 무용수들, 전선생의 조교, 유신도 와 있었다. 아트센터 사람은 무대감독, 조명감독,

지은이 참석했다. 무용가들은 기자 하나를 끼워 넣고는 모여 앉아있었다. 단발머리도 그중 하나였는데, 지은과는 자리가 떨어져 있어 말 붙일 기회가 나지 않았다. 지은은 뒤풀이가 끝날 때쯤에야 단발머리에게 말을 붙일 수 있었다.

"윤선생님, 혹시 잠깐 시간이 되시면……."

카페에 마주 앉은 두 여자는 긴장이 서린 얼굴로 서로를 바라보았다. 단발머리 윤지혜가 말했다.

"뭘 알고 싶은 건가요?"

지은은 캐모마일 차로 입술을 적시며 말을 골랐다. 대화를 끌어내는 게 쉬울 거라 여기진 않았다. 하지만 파리에 갔던 일에 관해 윤지혜가 이토록 즉각적인 경계심을 보일 줄은 몰랐다. 공이 좀 들겠다 싶어 혁수에게 문자를 보냈다. 세트 수정 요청한 게 완성됐다고 해서 가보기로 했었는데 당일은 어려울 것 같았다.

41

병우가 무대 위에서 외쳤다.

"종료!"

세트 고정이 끝났다는 사인이었다. 상원이 세트 앞으로 가 섰다. 협동농장에서의 고된 일과를 떠올리도록 고안된 세트였다. 무대의 중심부는 회전하고, 한 바퀴를 돈 세트가 제자리로 돌아왔을 때, 한유는 세트 위에 서서 관객과 마주하게 된다. 그런데 그 시점에서 상원의 동작이 어색했다. 세트가 도는 동안 자세를 잡고, 객석과 마주하면 동작 연기를 시작해야 하는데 상원은 회전에 현기증을 느끼고 있었다. 노래 말미에 무릎을 꿇고 절규하는 부분도 매끄럽지 않았다.

상원이 긴장을 풀어보려고 세트에서 내려온 후였다. 우종이 세트 위로 올라가 서보더니 혼잣말 비스름하게 중얼거렸다.

"아닌 게 아니라, 올라와 보니까 회전할 때는 좀 무

서울 것 같네. 여기다가 손잡이 같은 걸 쭉 둘러 달아놓으면 비주얼이 망가지려나?"

우종은 웃으며 주변을 둘러봤다. 주연과 조연 사이의 신경전을 알고 있는 사람들은 상원의 눈치를 봤다. 우종은 무심한 척 몇 차례 스텝을 밟더니 춤동작을 해보였다. 음악이 없는데도 동작 자체로 흥을 일으킬 만큼 신명 나는 태도였다. 조금 전까지 상원이 겁을 집어먹고 떨던 자리에서 우종은 자유자재로 몸을 놀리는 것이었다. 그러다 어느 한순간 쿵, 소리가 났다. 모두 놀라 무대로 뛰어 올라왔다. 무대는 비명과 웅성거림으로 들어차고, 우종은 세트 옆 바닥에 나동그라진 채로 탁한 신음을 내뱉었다.

3부

밖으로 나온 병사의 손이 쥔 것에 모두의 눈이 꽂히자 상황은 급변했다. 인우의 인민당원증. 철커덕. 중위가 총을 겨누자 군장을 한 모두가 그를 따랐다. 덕희와 인석은 그 자리에 있던 모든 총구의 과녁이 됐다.

42

지혜는 턱을 당겨 넣고 지은을 응시했다.

"설아를 죽음으로 내몬 사람이 나라는 건가요?"

설아. 지은이 해당 기사를 검색했을 때 나온 이름이었다.

"그분이 왜 자기 목숨을 스스로 끊어야 했는지 알아내고 싶을 뿐이에요. 실마리가 파리행에 있었다고 보는 거고요."

지은은 일단 기에서 눌리지 말아야 한다고 여겼다. 그러나 늘 그렇듯, 기선 제압은 지은의 특기가 아니었다.

"알다시피 오래전 일이에요. 지은 씨가 그때의 일에 대해 캐내고 싶은 이유가 뭐죠?"

"공연에 자꾸 제동이 걸리고 있어요. 공연까지 얼마 안 남았는데 꺼림칙한 건 미리 알고 방지해야 할 것 같아서 그래요. 부탁이에요."

지은이 애원하자 지혜는 옅은 한숨을 뱉으며 시선을

돌렸다. 지혜의 한쪽 뺨을 반쯤 덮은 단발머리가 풀썩 날렸다가 내려앉았다.

"암튼 그 소재에 무슨 마가 낀 건지 지금까지 정말."

"지금까지라뇨?"

"설아가 죽고 오랫동안 그 오빠한테 시달렸어요."

우종이 얘기했던 선배를 지칭하는 모양이지만 지은은 모르는 척 물었다.

"왜요?"

"왜겠어요? 지은씨와 같은 걸 알고 싶었던 거죠. 한동안은 지독히도 들볶더니 결국 포기하더라고요. 나도 할 만큼 했어요. 그 오빠가 설아를 얼마나 사랑했는지 잘 알고 있었기 때문에 오죽하랴 싶기도 했고요."

딸랑, 하는 벨 소리와 함께 카페 문이 열리고 찬바람이 실내로 밀려 들어왔다. 한 쌍의 커플이 카페 안으로 들어와 주문대 앞으로 갔다.

"그분에게 정말로 해줄 말이 없었나요?"

지은이 재차 물었지만 여러 번 대답해 왔던 경험의 힘 덕택인지 지혜의 답에는 한 치의 망설임이 없었다.

"전혀요. 오늘도 마찬가지고요."

지혜의 견고한 벽 앞에서 지은은 절망스러웠다. 지

혜가 가지고 있는 게 극비라면, 그리고 그 비밀의 상자를 지금껏 한 번도 열지 않고 지낸 것이라면, 그걸 열어 보겠다고 덤벼드는 게 어리석은 걸지도 몰랐다. 지은의 체념을 읽어서일까. 지혜의 목소리가 좀 누그러졌다.

"아까운 무용수였어요. 재능도, 외모도, 마음도. 사람이 참 맑았죠. 늘 부러웠어요. 한 번도 설아한테서 주인공을 빼앗아보지 못했거든요. 당시에는 설아가 신비로워 보이는 외모 덕을 보는 거라고 합리화하곤 했는데, 그게 다가 아니었다는 것은 누구보다 내가 잘 알죠. 오랫동안 봐왔으니까."

숨기는 것이 있든 없든, 적어도 이 대목에서만큼은 지혜가 속내를 보이고 있다는 걸 알 수 있었다. 지혜는 찻잔에 손가락을 건 채 망연자실 생각에 잠겼다. 죽은 친구에 대한 만감이 교차하는 듯했다.

"정말이지 지젤은 설아를 대신할 사람이 없었는데."

지은의 전신에 쩽 하니 뭔가가 지나갔다.

"지젤이라고 하셨어요?"

"설아는 지젤 전담이었어요. 지젤에서는 설아가 섭외 0순위였죠. 국내에서 설아만큼 지젤 역이 어울리는 발레리나는 없었거든요. 청순하고 순결한 이미지로는 설아가 최고였죠."

주차장은 적막했다. 지은은 차 안에 앉아 생각에 잠겼다. 지젤. 제작소 사무실에서 졸고 있을 때, 혁수가 언급했었다. 잠결이었지만 지젤이라는 한 마디만은 또렷하게 남아있다. 만일 혁수가 뭔가를 알고 있다면, 그리고 그걸 지은에게 말해주고 싶었던 거라면, 조명화 대표와 자살한 무용수 사이의 관계를 알아내는 데 도움을 줄 수 있을지도 모른다는 생각이 들었다. 지은은 시계를 흘끗 본 다음 혁수에게 전화를 걸어봤다. 연결이 되지 않아 문자를 보냈다.

'저 지금 가요. 예정대로 오늘 들르는 게 나을 것 같아요. 여쭤볼 것도 좀 있고요. 출발합니다.'

43

상원과 윤희가 우종이 입원한 병실을 나와 주차장으로 가고 있을 때였다. 같은 시기에 병실을 나온 병우도 같은 방향으로 걸었다. 어정쩡한 동행이었다.

"작정하고 풀어놓았다고 봐야지, 애초에 그렇게 허술하게 만들었을 리는 없는데."

혼잣말을 가장했어도 결국 들으라는 말이었다. 윤희로서는 귀를 세우지 않을 수 없었다. 병우가 겨냥하는 건 확실했다. 세트를 맡은 이들이 전부 윤희 편이라고 여기는 바, 결국 당신들 책임이라고 말하려는 것이었다.

아트센터로 돌아오는 차 안에서, 윤희는 병우가 한 말들을 곱씹었다. 접착제가 떨어져 나가 중심축이 헐거워졌다고 했다. 굳은 접착제를 누군가 고의로 떼어냈다는 말이다. 배우의 동작이 크지 않을 땐 괜찮을 수 있으나 움직임이 커지면 추락할 위험이 생긴다. 운전석의 상원도 침묵하고 있었다. 상원이야말로 병우의 추론을 가장 심각하게 받아들여야 할 처지였다. 누군가 작정하고 세트를 건드린 거라면 타깃은 상원인 건데, 우종이 다쳤으니 계획이라면 망친 계획이었다. 그러나 대체 누가 상원을 해치려 한단 말인가.

아트센터로 돌아온 윤희는 초조한 얼굴로 집무실을 서성거리다 미술실을 돌아봤다. 윤희는 미술실로 걸어가 문을 열고 무대 모형을 쏘아봤다. 모형 주변으로 세트 액세서리들이 널려 있었고, 서너 개 되는 사람 모형은 서 있거나 누워있었다. 윤희가 확 돌아섰다.

"나 좀 잠깐."

윤희가 허둥지둥 복도로 나서자 상원은 영문도 모른 채 뒤를 따랐다. 전화기를 들여다보던 관제실 직원이 윤희가 들이닥치자 벌떡 일어섰다. 윤희는 직원의 인사를 받는 둥 마는 둥 하고 지시했다.

"오늘 4층 복도하고 미술실 화면 좀 보여주세요."

관제실 직원은 두 장소를 화면에 띄우고 영상을 급속 재생해 보였다. 비어있던 미술실에 누군가 들어서는 게 보이자 윤희가 거기, 라고 가리켰다. 관제실 직원이 화면 재생 속도를 정상화했다. 한 남자가 미술실 안을 천천히 돌아다니고 있었다. 윤희가 보려는 게 남자의 행적이라는 걸 눈치챈 관제실 직원이 미술실을 나간 남자의 동선을 따라 화면을 재배치했다. 남자는 복도를 걷다가 계단으로 들어서서 5층으로 올랐다. 남자가 향한 곳은 조작실이었다.

윤희는 두 팔을 앞으로 걸어 낀 채 입술을 꼭 다물고 있었다. 윤희에 대한 혁수의 속내야 상원도 눈치는 챘었다. 표정을 보면 아니까. 솔직히 말해 혁수가 언감생심 윤희를 탐낼 주제라고 여기지 않았기 때문에 경계하진 않았다. 하물며 상원도 그를 위협적으로 느끼지 않는 마당에, 그를 신뢰하고 일을 주는 윤희가 현재 보이는 태도는 이상했다.

"이거, 왜 보자고 한 거야?"

상원이 묻자 윤희는 눈도 마주치지 않고 대답했다.

"알잖아. 무딘 척하지 마."

"신혁수를 의심하는 거야?"

윤희는 고개를 젖히고 눈을 감으며 중얼거렸다.

"모르겠어."

집무실로 돌아온 윤희는 책상을 손으로 짚고 서서

멍하니 창밖을 바라보았다. 비가 오다 그친 후라 도시는 축축하게 젖어있었다. 창밖을 보던 윤희가 돌연 벽에 걸린 사진 액자로 시선을 돌렸다. 극장 개관 초연 시 참여한 배우들과 스태프들이 무대에 모여 찍은 사진이었다. 트렌치코트를 입고 안경을 쓴 사내가 수찬이었다. 액자를 바라보고 있던 윤희의 입술이 달싹였다.

"바그너⋯⋯"

상원은 얼빠진 얼굴로 서 있는 윤희와 액자를 번갈아 쳐다봤다.

44

"검문이 있겠습니다! 모두 밖으로 나와 정렬!"

정훈대원들은 손을 깍지 껴 정수리에 올린 채 열을 지어 섰다. 군용 막사 몇이 여명에 어슴푸레 윤곽을 드러내고 있었다. 유엔군들이 대원들을 날카롭게 쏘아봤다. 다 이긴 전쟁이 중공군의 개입으로 뒤집어졌고, 전시에 불어 닥친 한파로 전부 날이 서 있었다. 정훈대원들이라고 검문을 피해갈 순 없었다. 유엔군 중위가 고개를 끄덕이자 병사 둘이 흩어져 수색을 시작했다. 덕희가 덜덜 떨기 시작했다. 인민군과 국군이 번갈아 사리원을 장악하고 판세를 뒤집어대는 바람에 지칠 대로 지친 덕희였다. 추위도 한몫했다. 인석이 덮어준 외투도 얼결에 트럭에 두고 내린 차였다.

덕희의 짐을 뒤지던 병사가 가방 안에서 찾아낸 것을 중위에게로 가져갔다. 중위는 수첩을 받아 휘리릭 넘겨보더니 덕희 앞으로 왔다.

"두 유 스피크 잉글리시?"

덕희가 겁에 질린 눈으로 떨고만 있자 중위가 주변을 둘러보았다.

"애니 바디 스피크 잉글리시 히어?"

대학생들이라 영어의 간단한 문법과 어휘는 익힌 입장이지만 위압적인 분위기에서 외국어로 대화를 한다는 건 쉬운 일이 아니었다. 무장 군인들에게 수색을 받느라 모두 극도의 긴장으로 얼어붙어 있었다. 인석은 통역병이 없어 애를 먹고 있는 유엔군들의 사정을 눈치챘다.

중위가 수첩을 덕희의 얼굴 앞에 갖다 대고 물었다. 이게 뭐지? 간단한 말이었다. 덕희는 가까스로 답했으나 정답은 아니었다. 나는 간호부입니다. 수첩은 간호부들에게 지급된 병원 수첩이었다. 중위가 물었다.

"어느 병원 소속인가?"

덕희는 대답을 못 하고 있었다. 영어도 문제였지만 극심한 긴장과 공포로 제정신이 아니었다. 결국 인석이 손을 들어 통역을 자청했다. 인석은 중위가 질문하는 것들을 귀 기울여 듣고, 어눌한 영어로 대답했다. 덕희가 소속되어 있던 병원 이름, 정훈대원들의 남행에 북측 병원의 간호사가 끼어 내려오게 된 경위를 설명하고, 덕희는 자신과 미래를 약속한 여자라고 했다. 중위는 인석과 덕희를 번갈아 쏘아보며 미심쩍어하는 기색을 내비쳤다. 중위가 인석을 가리켰다.

"유, 고!"

그리고는 덕희를 향해 말했다.

"유, 스테이!"

덕희가 헉, 숨을 내뱉고 인석은 자신도 모르게 외쳤다.

"노!"

목소리가 지나치게 컸던 걸까. 철컥 소리와 함께 두 개의 총부리가 인석을 겨눴다. 반사적으로 나온 반응이 삽시간에 그 장소를 전투지로 만든 것이다. 한 병사가 말했다.

"이 자는 아직 수색을 받지 않았습니다."

수색 명령이 떨어지자 병사는 곧바로 인석의 짐을 뒤지기 시작했다. 군용 배낭이 마구잡이로 파헤쳐졌다. 옷가지, 낡은 속옷과 양말, 공책 한 권, 필기구 두 자루. 소지품에서 의심스러운 것들이 나오지 않자, 중위의 태도도 누그러지는 것 같았다. 다음은 몸수색이었다. 총구 하나는 여전히 인석을 향해 있었다. 이곳저곳을 툭

툭 건드려보던 병사가 인석의 옷자락 안쪽을 더듬었다. 순간 인석의 심장이 미친 듯 방망이질 쳤다. 인석의 안주머니로 들어간 병사의 손이 한 지점에서 멈췄다. 잠시 후, 밖으로 나온 병사의 손이 쥔 것에 모두의 눈이 꽂히자 상황은 급변했다.

인우의 인민당원증. 철커덕. 중위가 총을 겨누자 군장을 한 모두가 그를 따랐다. 덕희와 인석은 그 자리에 있던 모든 총구의 과녁이 됐다.

인석이 다급히 외쳤다.

"디스, 이즈, 낫, 마인!"

조금 전처럼 그들을 자극하면 안 되었으므로 인석은 외침에 간곡함을 더했다. 유엔군들은 인석의 말을 믿지 않았다. 인석과 덕희는 짝을 이뤄 남한으로 투입하려고 트럭에 오른 인민군 첩자가 되어 버렸다. 사진 속 인물은 자신이 아니라고 주장해봐야 소용 없었다. 서양인들의 눈에는 당원증에 부착된 사진과 눈앞의 인물이 일치했으므로. 인석은 정체를 들킨 공산당원인 것이다. 지독한 추위 속에서 사투를 벌이게 하고 고향으로의 귀환을 막은 이 갈리는 족속.

수색은 한층 더 거칠게 진행되었지만 더 이상의 증

거물은 나오지 않았다. 험악해진 분위기 속에서, 누구 하나 인석을 증명해 주지 못했다. 대원들조차도 인석이 좌익이었던 거라 여기며 배신감에 치를 떨었다. 전쟁이 난 후, 인석 역시 같은 학교의 학생 중 꽤 많은 수가 남로당원이었다는 것을 알고 경악하지 않았나.

인석과 덕희는 꽁꽁 묶여 꿇어앉아서, 정훈대원들이 트럭에 오르는 걸 지켜봤다. 용욱은 굳은 얼굴로 트럭에 올랐다. 트럭의 출발 엔진 소리가 인석의 심중을 할퀴어댔다. 냉정을 찾아보려고 했지만 트럭이 산모롱이를 돌아 자취를 감추는 순간 가슴이 휑해졌다.

'아, 시계!'

떨구고 있던 인석의 고개가 순간 바짝 올라섰다. 트럭은 외투와 주머니 속 시계까지 싣고 가버린 것이었다. 안타까움에 몸이 단 허리가 움찔 곧추선 순간, 병사의 개머리판이 인석의 어깨를 찍어 내렸다. 인석은 차갑게 언 땅 위에 이마를 박으며 고꾸라졌다.

45

병우는 두꺼운 파카를 입고 나타났다. 퇴근하려던 참인데 명화가 부른 거였다. 명화는 의자에 몸을 묻은 채 한숨을 쉬고는 가라앉은 목소리를 냈다.

"임지은이 들쑤시고 다닌대. 윤지혜가 전화를 했어."

"뭘요?"

"장설아."

곽병우는 아, 하는 표정을 짓더니 이내 고개를 돌려버렸다. 명화가 눈을 치떴다.

"그 태도는 뭐야?"

"좀 벗어나요. 언제까지 그 일에 묶여있으려고요!"

명화가 상체를 세우며 따지고 들었다.

"내가 막으라고 했잖아! 임지은 걔, 윤희 따까리야! 걔가 알게 되면 내 꼴이 뭐가 되겠어?"

"알면요? 알면 지가 어쩔 건데!"

"조용히 덮으려고 다 엎었었는데, 이게 뭐냐고!"

"지난 일이에요. 어차피 대표님은 목격자일 뿐인데!"

"말조심해!"

명화의 싸늘한 서슬에 병우가 주춤했다. 정적이 흘렀다. 명화는 아랫입술을 자근거리며 읊조렸다.

"암튼 윤희 그게 골칫거리야. 새언니랑 세트로 매사에 신경을 거스르더니만."

명화는 올케와 신경전을 벌였던 때를 떠올렸다. 윤희의 모친은 갤러리를 구심점 삼아 재단에서 영향력을 행사하고 있었는데, 명화가 귀국해 아트센터 운영에 발을 담그자 자주 부딪치곤 했다. 그녀는 시누이를 이겨먹을 강단은 못되어 딸 윤희가 유학을 마치고 아트센터에 합류하자 경영 일선에서 빠져 제주도로 가버렸다. 제주도 분관 갤러리가 때마침 완공되었고, 그곳에도 책임자가 필요했던 상황이 분쟁 마감에 일조한 것이다. 그러나 혁수에 이어 지은까지, 윤희에게 충심인 사람이 둘이나 되는 건 명화에게 불편한 일이었다. 혁수를 떠올리던 명화가 화제를 바꿨다.

"오늘 일은 잘 알아봤어? 세트를 왜 그따위로 만들었대? 기왕 윤희한테 충성할 거면 잘 좀 만들지 못하고."

병우의 얼굴이 이상하게 일그러졌다.

"그게, 좀 이상해요."

"이상하다니, 뭐가?"

명화의 얼굴에 긴장이 어렸다. 생생한 호기심을 딛고 선 비릿한 긴장이었다.

46

어둠이 내려앉은 제작소 부지는 한층 더 외딴곳처럼 보였다. 혁수에게서는 연락이 없었다. 지은은 차 문을 열고 밖으로 나왔다. 사무실이 있는 A동은 잠겨있었다. 어쩌나 하고 잠시 서 있는데 저만치 소각장 너머 벌판 위로 바람이 부스스 지나갔다. 풀들이 한들거리는 계절엔 제법 목가적이지만 겨울 들판의 바람은 황량할 뿐이었다.

지은은 일단 차로 돌아왔다. 히터를 작동시켜 손을 녹이고 통화를 시도해볼 심산이었다. 차 안에 몸을 들여놓고 문을 닫으려는데 가느다란 빛줄기가 눈에 잡혔다. B동 건물의 창 쪽이었다. 혁수가 B동에 있을 거라고는 짐작 못 했다. B동은 기기 수납용으로나 쓰는 시설이라고 여겼다.

어찌 된 일인지 B동의 문은 잠겨있지 않았다. 이상하게 실내가 깜깜했다. 창으로는 분명 가는 불빛이 새어나오고 있었는데. 지은은 안으로 들어가려다 말고 건물 외벽을 짚어가며 주변을 돌아 창 아래로 가서 섰다. 여전히 빛줄기가 새어나오고 있었다. 지은은 이 상황을 이해해보려고 고민에 빠졌다. B동은 나뉜 면적 없는 하나의 공간이었다. 이상한 건 또 있었다. 창 안쪽의 실내에 불이 켜진 거라면 빛은 창 면적 만해야 하는데 단지 실 같이 가느다랗게 비어져 나오고 있었다. 지은은 창 아래에 서서 건물 내부의 구조를 떠올렸다. 창이 있는 쪽 내부 벽에는 철제 캐비닛 셋이 나란히 서 있다. 캐비닛이 창을 가리고 있고, 두 개의 캐비닛 사이에서 빛이 새어나온다? 하지만 이 가설도 건물 안에 불이 들어와 있어야 말이 된다. 그렇다면 캐비닛들이 기대고 있는 내부의 벽과 창이 달린 벽 사이에 공간이 있어야 상황이 들어맞는다. 그렇다면 그 공간에 혁수가 있는 것일까. 지은은 창 아래에 서서 혁수를 불러봤다.

"선배님!"

조용했다. 지은은 차로 걸어가다가 한 번 더 뒤를 돌아보았다. 영 석연치가 않았다. 문자도 읽지 않고 전화도 받지 않는 게 마음에 걸렸다. 혹시 다음 날, 아니 어쩌면 며칠 후, 심장발작 같은 걸로 쓰러졌다가 숨을 거둔 채 발견되었다는 기사를 접하게 되는 것은 아닐까.

지은은 발길을 돌렸다. 건물 안 벽을 더듬어 스위치를 올리니 피잉 하고 불이 들어왔다. 길이 잘 든 공구들이며 기기들이 적재적소에서 편안히 쉬고 있었다. 지은은 선반이 늘어선 곳들을 지나 캐비닛 쪽으로 갔다. 오른쪽 공간이 캐비닛 하나쯤 더 들어갈 만큼 비어있고 그 자리는 커튼으로 가려져 있는, 전에 본 그대로였다. 커튼을 들춰보았다. 오른편 벽에 수건과 작업복이 걸려 있었다. 그저 탈의 공간일 뿐 벽 너머에 다른 공간이 있을 것 같지 않았다. 지은은 커튼 밖으로 나와 캐비닛 문을 하나씩 열어봤다. 캐비닛 안은 잡동사니들로 차 있었다. 전구, 전선, 노끈, 각종 공업용 테이프, 페인트통, 갖가지 크기의 붓.

무언가가 머릿속을 번뜩 지나갔다. 지은은 커튼 안으로 들어가 벽 모서리부터 걷기 시작했다. 최대한 보폭을 넓혀 출입문까지의 걸음 수를 셌다. 전부 열한 걸음이었다. 이번에는 밖으로 나갔다. 문에서 바깥벽 모서리까지의 보폭은 열네 걸음. 그러니까 큰 보폭으로 잡아 세 걸음 정도의 폭이 빠지는 것이다. 지은은 다시 건물 안으로 들어와 벽과 캐비닛 주변을 살폈다. 빈 공간 옆의 캐비닛을 붙들어 옆으로 밀어봤지만 꿈쩍하지 않았다. 핸드폰 랜턴으로 아래쪽을 비추자 캐비닛 하나의 바닥이 나머지 둘에 비해 조금 들려있는 게 눈에 잡혔다.

지은은 무릎으로 바닥을 짚고 엎드렸다. 바닥에 머리를 붙이고 틈 속에 빛을 비춰 넣었다. 바퀴! 캐비닛 하나의 바닥이 위로 들뜬 건 하단에 부착된 작은 바퀴 때문이었다. 지은에게도 익숙한 것이었다. 세트 바닥에 바퀴를 달 때, 혁수는 바퀴를 어떻게 잠갔다가 푸는지 설명해줬었다. 찾을 생각을 안 하면 모를까, 찾자고 들면 쉽게 손이 닿는 곳에, 레버는 U자형으로 구부러져 있었다. 지은은 구부러진 레버에 검지를 걸어 잡아당겼다.

찰칵, 하고 잠금장치 풀리는 소리가 났다. 몸을 일으켜 캐비닛의 양 가장자리를 잡은 다음 옆으로 밀었다. 캐비닛이 스르르 비켜나갔다. 예상대로였다. 문이 있었다.

막상 문 앞에 서자 망설임이 일었다. 왜 이런 장소를 만들어둔 건지 의문이 들면서 불안했다. 그런데도 문을 열어본 것은 신뢰 때문이었다. 생을 긍정하는 신뢰, 사람에 대한 신뢰. 기어이 문을 열고, 밀실이 밀실이어야 하는 이유와 맞닥뜨렸을 때 지은의 전신은 꼿꼿이 굳어버렸다. 차바퀴가 잔자갈들을 짓누르는 소리가 들려와도 알아채지 못할 정도로.

47

얼이 빠져있던 윤희가 퍼뜩 정신을 차린 듯 움직이기 시작했다. 황급히 코트에 팔을 꿰고 가방을 집어 들었다. 상원이 물었다.

"어디 가?"

"집에. 좀 피곤해서. 쉬고 싶어."

윤희는 상원의 시선을 피하고 있었다. 누가 봐도 급작스럽고 납득이 가지 않는 태도 변화였다. 상원이 물었다.

"운전해줄까?"

"아니. 나중에 연락할게."

윤희의 SUV가 전조등을 깜빡이며 주인을 맞았다. 문이 닫히기 직전, 상원은 열린 문을 잡고 한 번 더 물었다.

"정말 괜찮아? 창백해 보여."

운전석으로 미끄러져 들어간 윤희가 조수석에 핸드

백을 내려놓고는 상원을 올려다봤다. 얼핏 평정을 되찾은 듯 보이나 가까스로 꾸며낸 표정 같았다.

"염려 말고 돌아가."

윤희는 억지웃음을 지어 보이며 시동을 걸었다. 윤희의 차가 주차장을 빠져나간 뒤, 상원은 자신의 차가 있는 곳으로 걸어가면서 찜찜한 기분을 걷어낼 수가 없었다.

CCTV 속의 신혁수, 바그너, 그리고 공연 연습 시 벌어진 사고들. 이들 사이에 코드가 있는 건지 아닌지 혼란스러웠다. 게다가 조금 전 윤희가 보였던 태도는 아무리 봐도 석연치 않았다. 상원이 주차한 곳은 옥외주차장 난간 옆이었다. 차에 타기 전 상원은 무심코 바깥으로 시선을 줬다가 멈칫했다. 골목길에 윤희의 SUV가 서 있었다. 윤희는 휴대폰을 손에 쥐고 무언가를 검색하고 있었다. 검색을 끝낸 윤희가 거치대에 휴대폰을 고정했다.

상원은 윤희의 차가 골목을 빠져나가는 걸 지켜본 후 검색을 시작했다. 혁수를 취재한 인터뷰가 둘 정도 나왔다. 하나는 공연 관련 월간지에 실렸던 기사고, 다른 하나는 경기도 고양 주변의 지역 정보지였다. 지역 정보지의 기사 오른쪽 상단에 혁수의 사진이 있었다. 늘 같은 검은 모자, 여름이었는지 낡아빠진 야상 점퍼는 입지 않았지만 반팔셔츠 역시 칙칙한 빛깔이었다. 상원은 기사 본문을 스크롤해 내렸다. 마지막 문장 하단에 필요로 하는 정보가 있었다. 제작소 웹사이트. 웹사이트에 기록된 주소를 내비게이션에 넣자 루트가 그려졌다.

48

깜빡 든 잠이 깬 건 신음 때문이었다. 인석은 정신을 차리고 옆을 돌아보았다. 덕희가 시름시름 앓고 있었다.

"많이 괴로워요?"

인석의 목소리 역시 갈라진 쇳소리에 가까웠다. 입속이 바짝 말라 있었다. 몇 차례 마른기침을 하고 난 후 인석은 입을 다물어 침을 모으려 해봤다. 웃풍에 몸이 곱은 와중에도 미친 듯 갈증이 났다. 덕희가 가까스로 대답을 해왔다.

"괜찮습네다."

유엔군들은 오전에 한 번, 늦은 오후에 한 번 음식을 주었다. 깡통에서 꺼낸 찝찔한 고기, 찐득한 소스가 범벅된 콩이었다. 정체 모를 육류 부스러기를 뭉쳐놓은 군용 식량을 인석은 게걸스럽게 먹어치웠으나 덕희는 그러지 못했다. 그나마 겨우 삼킨 것마저 게워냈으니 아무것도 먹지 않은 것이나 마찬가지였다. 뾰족한 인상의 병사가 두 사람을 가둬놓은 막사에 들어왔다가, 덕희의 토사물을 보고는 욕설을 뱉었다.

병사 중 성급한 쪽은 두 사람을 즉결 처분하고 싶어 했고, 다른 하나는 포로수용소로 보내길 주장했다. 중위는 일단 가둬두라고 지시했다. 당장은 인석과 덕희의 신분을 확인하기 어렵고, 설령 확인한다 해도 당의 주요 인물인 건지, 휩쓸려온 잔챙이인지 증명해낼 수 없으니 처분을 보류한 것이다. 다만 파리한 얼굴로 늘어져 있는 여자가 딱하게 보이긴 해서 덕희만은 야전침대에 눕도록 해주었다. 인석은 체포되었던 시각부터 밤까지 의자에 묶여있었다.

맑고 시원한 물 한 대접만 마실 수 있었으면. 인석은 갈증에 허덕이면서도 정신을 다잡으려고 애를 썼다. 이런 자세로도 잠이 오다니 해괴한 일이었다. 정신이 나락으로 떨어지는 말미에 차가운 우물물 한 대접이 눈앞에 떠다녔다. 인석은 물 대접을 움켜잡고 단숨에 물을 들이켰다. 꿈일까. 꿈이라면 참으로 청쾌한 꿈이었다. 어린 시절 목포 집 마당에 있던 우물, 바로 그 물맛이었

다. 여름날, 형을 따라 온 동네를 쏘다니다가 벌겋게 뺨
이 익어 오면, 집안 어른 누구든 두레박을 떨어뜨려 한
가득 퍼 올려주던 물맛. 차고 달던 고향의 물맛을 꿈꾸
며 인석은 또다시 까무룩 잠이 들었다.

49

방은 좁고 길었다.

창은 합판으로 막아뒀는데, 합판이 갈라져서 불빛이 바깥으로 새 나오고 있던 거였다. 방 끝에는 욕실이 있고, 지은이 묶여 누워있는 침대 위 천정에는 윤희의 실물 사이즈 사진이 붙어있었다. 벽에도 온통 윤희의 사진이었다. 서 있는 윤희, 앉아있는 윤희, 옆으로 누워있는 윤희, 잠들어 있는 윤희. 밥을 먹는 모습, 뭔가를 마시는 모습, 심지어 양치질하는 모습도 있었다.

발버둥치는 지은을 묶느라 기운을 뺀 혁수는 쉴 새 없이 술을 들이켰다. 지은을 포박해놓고는 초조해져서 술을 꺼내 마시기 시작한 것이었다. 혁수의 목구멍으로 술 한 모금이 넘어갈 때마다 시익, 시익, 콧숨 소리가 났다. 비강 쪽이 좋지 않은지 유난히 소리가 컸다.

혁수가 들이닥쳤을 때, 지은이 택한 태도는 아무것도 못 본 양 태연하게 구는 것이었다.

"선배, 찾아봤는데 안 계셔서……"

혁수의 시선이 지은의 등 뒤에 있는 밀실로 빠르게 이동했다. 지은이 안을 봤을지 안 봤을지 가늠하려는 것이었다. 지은은 그때를 틈타 슬그머니 움직였다. 달아날 동선 확보를 위한 시도였으나 소용없었다. 혁수에게 익숙한 장소인데다 그가 문을 지키고 있는 이상 빠져나갈 구멍은 없었다.

거친 숨을 몰아쉬며 술을 들이켜던 혁수가 별안간 입을 열었다.

"왜 왔어?"

지은을 묶어둔 후 두 시간 만에 처음으로 낸 목소리였다. 세 번째로 딴 소주병은 반쯤 비어있었다. 지은은 그의 혈액에 퍼져있을 알코올이 그를 미치광이로 만들까 두려웠다.

"왜 왔냐고!"

혁수의 목소리가 튕겨 올랐다. 그가 적대감을 가져서는 안 되었다.

"얼마나 기다렸는데, 왜 이제야 왔냐고! 왜! 왜!"

지은은 입을 열다 말고 목소리를 도로 삼켰다. 마지막의 '왜! 왜!'에 실린 분노 때문에 지은은 움츠러들었다. 기다렸다는 말의 의미를 이해할 수 없었지만 의문을 곱씹을 때가 아니었다. 미친 듯 심장이 뛰었다. 잠깐의 정적 후, 의자 다리가 바닥을 긁는 소리가 났다. 혁수가 다가오고 있었다. 지은은 질끈 눈을 감았다. 거친 숨소리와 함께 진한 알코올 냄새가 훅 끼쳐왔다.

"윤희야……."

지은은 정신이 번쩍 들었다. 여러 가지 생각이 교차했지만 여전히 그가 무서워 눈이 떠지지 않았다. 눈을 뜨는 순간 벌어지지 않아야 할 일이 벌어질 것 같았다. 기다렸다는 말은 윤희를 생각하고 한 말 같았다. 짧은 시간 동안 지은의 머릿속에선 오만가지 생각이 회전했다. 지은은 용기를 내 눈을 떴다. 분노와 슬픔이 공존하는 눈이 내려다보고 있었다. 광인의 눈이었다. 지은은 본능적으로 알 수 있었다. 윤희가 되어야 했다. 위기의식이 만들어준 용기로 미소를 지어봤다. 패를 던지듯 행한 일이었다.

"미안해. 이제야 와서."

혁수의 눈동자가 흔들렸다. 지은은 떨리는 심정을 누르고 혁수와 눈을 맞췄다. 세상에 태어나서 이토록 필사적인 연기를 한 적이 있었을까. 그러나 연기를 오래 할 필요는 없었다. 결과는 거짓말 같았으니까. 혁수는 만면을 일그러뜨리더니 무릎을 꺾었다. 혁수는 기적의 머리카락을 잃어버린 삼손처럼 기운을 빼고 지은의 목덜미에 제 얼굴을 묻었다.

"윤희야…… 내 프레이야……"

들척지근한 땀 냄새와 거친 호흡에 실려 나오는 술 냄새가 코를 찔렀다. 지은이 할 수 있는 건 터져 나오려는 울음을 간신히 참아내면서 이 방의 존재에 대해 아는 사람이 있기만을 간절히 바라는 것뿐이었다.

50

무언가가 너울거려 눈을 떴을 때, 혁수는 옆에서 쓰러져 자고 있었다. 눈꺼풀 위에서 가물가물했던 건 흰 벽 위에서 돌아가고 있는 영상이었다. 어딘가에 프로젝터가 설치되어 있는 듯했다. 지은은 벽면에 펼쳐지는 영상을 지켜봤다. 움직이는 조윤희. 지은은 추가된 광기의 증거를 지켜보며 오싹해졌다. 혁수는 지은의 배 위에 엎드려 잠들어 있었다.

눈꼬리를 타고 눈물이 흘러내렸다. 지은은 울음을 삼키며 창 쪽으로 고개를 돌렸다. 당장은 탈출보다 생리 욕구가 문제였다. 누운 채 하반신을 적시는 꼴만은 면하고 싶어서 몸을 뒤척여봤다. 몇 번 꿈틀거렸더니 혁수가 부스스 눈을 떴다. 지은은 혁수와 눈을 마주치는 것만으로도 소름이 돋았다. 혁수는 엎어져 있던 상체를 세우고는 두리번거렸다. 묶여있는 지은을 보고는 소스라치듯 놀라는가 싶더니 금세 얼굴을 굳히고 이전의 태도로 돌아왔다.

"화장실 좀 가게 해주세요. 잠깐만 풀어주세요."

혁수는 침대 끝에 걸터앉아 머리카락 속에 양손을 박았다. 지은은 용기를 내어 다시 애원했다.

"제발이요. 허튼짓 안 할게요."

혁수는 지은을 내려다보다가 가위와 접착테이프를 가지고 왔다. 지은은 침대에서 풀려났지만 여전히 팔목은 팔목끼리 발목은 발목끼리 묶인 상태였다. 혁수는 지은을 질질 끌어다 변기 앞에 세운 다음 청바지 버튼을 풀고 끌어내렸다. 지은은 너무 오래 다리를 구부리지 못했던 탓에 중심을 잡지 못하고 바닥에 머리를 처박을 뻔했다. 지은은 변기에 앉아 스스로를 위로했다. 저 새끼가 쳐다보고 있지 않은 게 어디인가. 누운 채로 하의를 적시는 지경까지 가지 않은 게 어디인가. 지은을 도로 묶어놓은 혁수는 또 술을 마시기 시작했다.

다시 깨어나게 된 건 혁수가 지은을 침대에서 떼어내고 있었기 때문이었다. 지은은 비몽사몽간에 의자로 옮겨졌다. 혁수는 지은의 손목을 의자 뒤로 가져가 묶는 것으로 마무리를 한 다음 지은과 눈높이를 맞췄다.

"넌 윤희가 아니야."

혁수는 지은의 얼굴을 후벼 파내버릴 듯 노려보았다. 지은의 심장이 벌떡거렸다. 지은은 숨만 씩씩 내쉬었다.

"그렇지만 윤희 대신 해줘야 할 일이 있어."

지은은 겁에 질려 가족들을 생각했다. 이렇게 끔찍한 일을 당하고 있는데 아무도 찾아내지 않는다는 게 원망스러웠다.

"날 너무 미워하지 마. 너 스스로 기어들어온 거니까."

"선배, 제발……"

"너도 윤희랑 다르지 않아! 스스로 다가와서는 결국 날 배신하겠지."

"아니에요! 뭐가 됐든 선배 편에 서서 도울게요. 조윤희 부장님도 제 말이라면 들을지도 몰라요. 선배, 제발요!"

"이제 안 믿어. 윤희도 그랬어. 내가 있어서 좋고, 내가 위로라고 했었지. 난 윤희가 원하는 건 다 했어. 그 새끼 엿 먹이려고 숨어있겠다고 할 때도 숨어있게 해줬고, 윤희가 만들어달라고 하는 건 뭐든 만들어냈어. 알아? 윤희는 내가 지켰어! 나 없으면 윤희는 무너진다고!"

지은은 '그 새끼'가 상원이라는 걸 알아챘지만 그따위 게 중요한 건 아니었다.

"그 새끼는 나타나면 안 되는 거였어. 윤희한테 악운을 가져오는 인간이야. 지금도 봐! 그 새끼는 모든 걸 망가뜨릴 거야. 공연도, 극장도, 윤희도. 그런데 윤희가 그걸 몰라. 바보같이……."

혁수의 눈에서 잠깐이지만 슬픔 같은 것이 묻어나는 듯했다. 슬픔은 이내 분노로 변해 번들거렸다.

"윤희는 벌을 받아야 해! 잘못을 모르거든. 그런데 여길 오지 않으니 벌을 줄 수가 없네! 그러니까 네가 대신 받아! 윤희가 받아야 하는 벌을 네가 받으라고. 그러면 윤희도 알게 되는 거야. 자신이 한 짓이 초래한 결과를!"

혁수가 말하는 벌이 어떤 건지 짐작할 수 없어도 '벌'이라는 어휘는 지은의 모근을 세웠다.

"선배 원래 이런 사람 아니잖아요! 그, 그날 우리 같이 세트 작업 수정하고, 좋았잖아요. 선배, 우리 공연해야 하잖아요! 선배! 제발요!"

공연과 관련해 한 말은 역효과였을까. 혁수의 눈에서 불길이 타올랐다.

"이번 공연은 절대 성공해선 안 돼! 그 새끼가 윤희

옆에서 웃고 있는 꼴을 보진 않을 거라고!"

혁수는 이글거리는 얼굴로 악을 쓰더니 방 밖으로 나갔다. 방으로 돌아온 혁수가 쥐고 있는 물건을 보는 순간, 지은은 덜덜덜 턱을 떨었다. 혁수는 둘둘 말아둔 전깃줄을 풀어냈다. 피복이 두꺼운 야외용 전깃줄의 주황색이 섬뜩했다. 지은은 이런 일이 현실에서 일어나고 있다는 사실을 믿을 수 없었다. 너무 뻔해 즐기지 않는 미스터리 영화의 잔상이 펼쳐졌다. 시체를 살피던 검시관이 형사를 돌아보며 말하는 따위의. 교사입니다. 피해자는 20대 여성으로…… 의식의 끈이 끊어지며 눈앞이 하얘지는 순간, 지은은 불길에 휩싸이기라도 한 양 소리를 질러댔다.

"아아아아아악!"

어느새 줄을 다 풀어낸 혁수가 고개를 들었다. 동공이 풀린 듯 눈빛이 멍했다. 이성의 갑옷이 벗겨진 지은은 필사적으로 발악했다. 목청이 터져라 질러대는 소리가 좁은 방 이곳저곳에 부딪히고 흩어졌다.

"으아아아악! 이 싸이코 같은 새끼야! 이거 풀어! 풀어! 풀라고! 꺄아아아아악!"

51

전조등이 제작소 전경을 내리비췄다. 상원은 등을 전부 꺼버렸다. 진입로를 내려가며 속도를 더 줄이고 좌우를 살폈다. 부지 왼쪽 옆으로 길게 뻗은 대형 건물이 있었고, 오른편으로는 그보다 훨씬 작은 건물 하나가 더 있었다. 평지로 내려서자 공터 끝에 세워진 차 세 대가 보였다. 신혁수의 픽업트럭, 윤희의 SUV, 그리고 지은의 낡은 세단. 지은도 이곳에 있는 것이다. 상원은 내던지듯 세워둔 윤희의 차 옆에 주차를 한 뒤 밖으로 나왔다. 네 차 모두가 도로를 등지고 서 있었고, 차들의 앞머리가 향한 곳은 들판이었다. 멀리 아파트 단지의 불빛이 보였다. 반경 200m 정도는 건물이 들어서지 않은 지대였다.

상원은 두 동의 건물을 번갈아 봤다. 잠시 망설이다가 일단 큰 건물 쪽으로 가봤는데 출입문이 잠겨있었다. 작은 건물 쪽으로 방향을 틀어 부지를 가로지르다

보니 또 다른 구조물이 있었다. 얼핏 창고로 보였다. 파카 주머니에 손을 찔러 넣고, 작은 건물 쪽으로 발걸음을 옮기던 중이었다. 스슥 스슥. 상원은 멈춰 서서 귀를 기울였다. 바람이 한차례 지나갔다. 그리고 또 소리가 났다. 스슥 스슥. 무언가 마찰하는 소리였다. 상원은 모근이 쭈뼛 서는 걸 느끼며 주변을 둘러보았다. 더는 소리가 나지 않아 다시 걸음을 뗐다. 낯선 장소가 주는 긴장이 환청을 유발한 것일 수도 있었다. 그러다 다시 멈춘 건 창고같이 생긴 구조물이 어쩐지 마음에 걸렸기 때문이었다. 다가가서 보니 구조물의 정체는 소각장이었다. 휴대폰을 꺼내 빛을 비춰보았다. 화덕 안은 비어 있었다. 타다 만 각목 한 자루와 벽돌 여남은 장이 구석에 내팽개쳐져 있을 뿐이었다. 다시 건물 쪽으로 향하려던 때였다. 스슥 스슥. 또 그 소리였다. 게다가 이번에는 끙끙거리는 소리도 났다. 상원은 사방을 훑었다. 굳게 닫힌 큰 건물. 작은 건물. 건물 사이의 공터. 네 대의 차. 뒤편 도로에서 차 한 대가 공기 가르는 소리를 내며 질주하고 지나갔다.

"아아아아악!"

여자의 비명이었다. 상원은 소리가 난 쪽으로 달렸다.

52

목을 떨어뜨리고 자던 인석은 몸이 기우뚱하게 균형을 잃는 순간 소스라치듯 놀라 깨어났다. 야전침대 쪽을 쳐다봤다. 깜깜해서 보이지는 않지만 기척이 느껴지지 않았다. 숨소리조차 들리지 않는 게 이상했다. 나직하게 불렀다.

"덕희씨."

대답이 없었다.

"덕희씨, 좀 어때요?"

조용했다. 인석은 눈을 몇 차례 감았다 뜨면서 시야를 가다듬었다. 아무렇게나 뭉쳐진 모포가 어스름히 보였다. 침대가 비어있었다.

어디로 갔을까 두리번거리고 있는데 짧은 비명이 울리다 사라졌다. 음폭이 가늘고 높았다. 인석은 몸을 움직여봤다. 손목이 묶여있으니 자유로운 건 다리뿐이었다. 인석은 의자가 몸에 붙은 그대로 하체를 일으켰다. 무릎을 펴자 우두둑 소리가 났다. 의자를 등에 붙인 채로 막사 입구로 갔다. 바깥으로 나서자 강추위가 와락 달려들어 얼굴을 핥았다.

막사는 전부 넷. 하나는 정훈대원들이 단체로 검문을 받았던 길목 바로 앞에, 다른 둘은 산을 등지고 있었다. 인석은 주변을 휘돌아보면서 대기 속에서 잡히는 소리가 있는지 귀를 기울였다. 극도로 집중하니 헐벗은 나무 사이를 유영하는 바람 소리까지 귀에 걸려들었다. 곧추세운 척추에서 힘이 빠지고 있는데 어디선가 바스락거리는 낌새가 잡혔다. 길 쪽과 가까운 막사로, 나머지 세 막사와는 좀 떨어진 곳이었다. 인석은 조심스럽게 그곳으로 다가갔다. 등에 묶인 의자가 거치적거려 자칫 넘어지기 십상이었다. 문제의 막사 앞까지 왔지만 무작정 박차고 들어갈 수는 없는 노릇이었다. 밭은 숨을 고르며 고민하고 있을 때였다.

"컴 온……"

안에서 들려오는 건 거칠고도 은밀한 남자 목소리였다. 인석은 막사 문짝에 시선을 고정하고 천천히 더 다가갔다. 누군가 울고 있었다. 맥없이 흐느끼는 소리였다. 뭉그러진 발음임에도 귀에 와 박히는 조선말이었다.

"흐흐흑 흐흐흑. 이러지 마시……"

"노, 노! 오, 플리즈 돈 크라이……"

손이 묶인 인석은 등에 붙어있는 의자의 다리 끝으로 막사 문을 건드렸다. 툭. 툭. 툭.

후다닥 움직이는 기척이 있은 후 조용해졌다. 곧이어 막사 문이 열리고, 동그란 총구가 삐죽이 튀어나왔다.

53

상원은 정체를 알 수 없는 기물들에 어깨와 다리를 부딪히며 불빛을 향해 돌진했다. 네모진 불빛 안으로 몸을 던져 넣은 순간, 무언가가 휘익 날아와 가슴을 강타했다. 나자빠진 상원의 귀에 또다시 비명이 들려왔다.

"아아악!"

침대에 묶인 윤희가 미친 사람처럼 비명을 질러대고 있었다. 상원은 윤희가 보고 있는 쪽으로 고개를 돌렸다. 요동치는 육체가 시계추처럼 흔들리고 있었다. 상원의 몸에 날아든 것은 공중에 매달려 흔들리는 혁수의 몸뚱이였다. 상원은 윤희의 울부짖는 소리를 들으며 맥이 풀린 다리에 힘을 주고 일어났다. 펄떡거리는 혁수의 하체를 잡아 끌어안고 있는 힘껏 들어 올렸다. 몸부림이 잦아들었다. 상원은 겁에 질려 울고 있는 윤희를 향해 소리쳤다.

"연장, 어디에 뒀는지 알아? 절단 연장 같은 거!"

상원의 관자놀이로 땀이 흘러내렸다. 윤희는 줄 위를 올려다본 후 울상을 지으며 고개를 저었다.

"모르겠어."

"시간 없어! 생각해 봐!"

윤희의 시선이 불안하게 움직였다.

"아마 이 방 밖으로 나가야 할 텐데……"

상원은 방 바깥 공간을 눈으로 더듬었다.

익숙지 않은 장소에서 단숨에 연장을 찾아서 돌아와 줄을 끊는 것. 가능할까? 상원의 이마에서 땀이 뚝뚝 떨어져 내렸다.

그때였다. 바깥에서 엔진 소리가 나더니 사람들이 우다다다 들이닥쳤다. 응급요원들은 방 안의 상황을 목도하자마자 신속히 움직였다. 누군가는 상원을 도와 혁수의 몸무게를 지탱해 붙들고, 누군가는 혁수의 장딴지에 주사를 꽂았다. 또 누군가는 혁수의 목에 걸린 줄을 제거했다. 주사약은 금세 효과를 발휘했다. 혁수가 축 늘어졌으므로 실랑이를 할 필요는 없었다. 혁수의 몸에 벨크로가 달라붙고 찰카찰칵 버클이 채워졌다.

"보호자 분, 사인해 주세요!"

누군가가 서류를 내밀며 상원과 윤희를 번갈아 바라

봤다. 윤희가 받아들었다. 서류 받침대의 고정 집게 바로 아래 의료시설의 이름이 찍혀있었다. 명우정신병원.

상원은 사인하는 윤희를 바라보며 시간을 돌이켜봤다. 구급차가 출동했다는 건 콜이 갔다는 의미다. 아트센터에서 이곳으로 오기 전, 윤희는 어딘가로 연락을 하려고 했었다. 윤희는 혁수의 이상 징후를 알고 있었던 것일까.

혁수를 실은 구급차가 제작소를 빠져나가자 윤희가 정신을 차린 듯 말했다.

"지은이! 지은이를 찾아야 해!"

상원은 어두운 벌판을 바라봤다. 이 기온에 땅바닥에 던져져 있다면 저체온으로 죽게 되는 건 시간문제였다.

"묶여있어?"

상원이 묻자 윤희는 울 것 같은 얼굴로 고개를 끄덕였다. 어디서부터 뒤져봐야 할지 감이 잡히지 않는 와중, 상원은 소리를 기억해냈다. 건물로 들어가기 전 났던 소리. 소리의 근원지를 추적하려던 찰나 윤희의 비명이 들렸고, 앞뒤 잴 것 없이 건물 안으로 달려 들어갔던 것이다.

상원은 다시 한번 주위를 훑었다. 도로, 큰 건물, 저

멀리 아파트 단지, 벌판, 소각장, 공터, 주차된 차들……

차! 상원은 부리나케 차들이 있는 곳으로 갔다. 지은의
차부터. 차창 안으로 보이는 것은 세트 관련 잡동사니
뿐이었다. 다음은 윤희 차. 마찬가지였다. 마지막으로
혁수의 픽업트럭을 들여다봤다. 앞 열은 비어있었다.
뒷좌석 창으로 랜턴을 비추자 발목에 접착테이프가 감
긴 하체와 한 쌍의 스니커즈가 보였다. 움직임은 없었다.

"여기야!"

상원은 윤희에게 알리는 동시에 차 문을 당겼다. 열
리지 않았다. 윤희가 하얗게 질려 물었다.

"잠겼어?"

"잠깐 있어 봐."

상원은 건물 안으로 뛰어 들어가 이곳저곳을 살폈
다. 열쇠는 어디에도 없었다. 밖으로 나와 소각장으로
갔다. 소각장 벽을 훌쩍 뛰어넘어 들어가 벽돌 하나를
집어 들었다. 상원은 차 있는 곳으로 와서 벽돌을 쥐고
윤희를 돌아봤다.

"비켜있어."

윤희가 몇 걸음 물러섰다. 벽돌로 내리치자 창이 와
장창 부서지면서 유리 조각들이 쏟아져 내렸다. 상원은

뚫린 창 안으로 손을 넣어 잠금장치를 푼 다음 뒷좌석의 문을 열어젖혔다. 의식을 잃었던 지은은 차창 박살나는 소리에 깨어나 기겁을 했다. 목숨이 붙어있는 것이다. 상원과 윤희는 안도의 한숨을 내쉬었다.

"괜찮아요?"

상원의 목소리가 현실 같지 않은지 지은은 발작에 가까운 소리를 멈추지 못했다. 뒤에 서 있던 윤희가 상원의 곁을 지나 지은과 마주했다.

"지은아, 나야! 정신 좀 차려 봐!"

지은이 소리를 지르다 말고 벌벌 떨기 시작했다. 윤희가 뒷좌석 안으로 들어갔다. 지은이 울음을 터뜨리자 윤희도 따라 울었다.

"지은아, 미안해. 미안해, 정말……"

윤희는 밑도 끝도 없이 사과를 하고는 지은의 어깨에 이마를 박고 통곡했다. 지은은 옆으로 누운 채 울다 떨다 했다. 상원은 근원을 알 수 없는 무력감에 사로잡혔다. 무언가 그가 알아선 안 되는 일이 존재하는 것 같았다. 상원은 두 사람을 등지고 돌아서 건물을 향해 걸었다. 지은의 몸에 감긴 것들을 끊어내려면 도구가 필요했다.

54

총구 뒤에서 인석을 노려보는 병사의 얼굴에는 극도의 경계심이 서려 있었다. 인석은 더듬거리며 말을 붙였다.

"할 말이 있다."

병사는 빠르게 눈을 굴려 주변을 살피더니 총구를 움직여 신호를 보냈다. 안으로 들어가라는 것이다. 인석은 의자를 등에 매단 채 막사 안으로 걸어 들어갔다. 안으로 들어서자마자 코를 킁킁거린 건 달콤한 냄새 때문이었다. 초콜릿바 냄새가 났다. 덕희는 야전침대 한쪽에 앉아있었다. 핏기 없는 얼굴에 눈물의 흔적이 보였다. 침대 옆 간이 탁자에 반쯤 먹다 남은 초콜릿바가 있었다.

사리원을 떠난 이후, 덕희는 어떤 것도 먹질 못했다. 병사의 눈에도 창백해 보였을 것이다. 초콜릿바 옆에는 서양 여자의 사진이 있었다. 어깨에 닿는 금발이 동글 동글 구불거리고, 꽃무늬 블라우스 안에 숨겨진 가슴이 풍만한 여자였다. 거기에 비하면 쪼그리고 앉아 바들바들 떨고 있는 덕희의 파리한 행색은 궁색하기 그지없었다. 인석은 초콜릿바 포장지를 다시 봤다. 덕희가 저걸 먹다가 만 건 자신을 향해 욕정의 불을 지피는 병사의 태도에 공포심을 느낀 탓일까. 인석은 참담한 마음이었다. 그래도 그냥 다 먹지. 다 먹어치우기라도 했다면 그나마 기운이 좀 날 텐데.

병사가 인석을 향해 거칠게 명령했다.

"싯 다운!"

55

지은은 스크린을 바라보며 눈을 깜빡거렸다. 자잘한 빗방울이 유리창에 날아와 붙는 영상이 지속해서 흘러나왔다. 지은은 입술을 달싹였다. 사람이란 반수면 상태에서도 줄줄이 말을 할 수 있는 기이한 존재라는 것을 그녀는 이곳에서 알게 되었다.

혁수는 자기 목에 전선을 감았다. 지은은 의자에 묶인 채 혁수가 죽는 과정을 지켜보고 있어야 하는 거였다. 간발의 순간 윤희가 들어온 건 우연이었을까. 윤희는 방 안의 광경에 경악하며 비명을 내질렀다.

"오빠, 이러지 마. 제발!"

윤희를 본 혁수의 눈빛이 흔들렸다. 그러나 그것도 잠시, 그는 하려던 짓을 멈추고 윤희에게 덤벼들었다. 윤희 역시 침대에 손발이 묶였다. 윤희는 믿지 못하겠다는 얼굴로 소리쳤다.

"미쳤어? 오빠, 정신 좀 차려 봐!"

혁수는 얼빠진 얼굴이 되어 자신이 하는 일에만 몰입해 있었다.

"오빠! 나야! 윤희라고! 나 좀 봐봐, 오빠! 나 윤희야!"

윤희는 혁수의 눈에 초점이 없다는 걸 알아차렸다. 영혼이 나가버린 눈. 지은 역시 혁수의 눈빛을 보고는 소름이 돋았다. 지은을 상대할 때와는 또 다른 색이 감도는 눈이었다. 지은과 있을 때가 광기 그 자체인 눈이었다면 윤희가 오고 나서는 그 광기마저도 빠져나간 텅 빈 눈으로 변해버렸다.

혁수는 멀겋게 풀린 눈으로 윤희를 바라보았다. 까슬한 입술에서 달뜬 목소리가 흘러나왔다.

"윤희가 와줘서 좋다."

윤희의 얼굴은 공포로 일그러졌다.

"오빠 제발……"

"윤희야, 그 공연 하면 안 되는 건데 내 경고를 왜 무시해? 그 새끼도…… 내가 치워주려고 했는데 잘 안 됐어. 항상 너를 고통스럽게 하잖아!"

윤희가 울먹였다. 마음을 깊이 내주지 않는 상원에게 매달리던 시절이 있었으나 그걸 혁수에게 간파당했다는 건 알지 못했다. 혁수를 등에 받치는 쿠션처럼만 상대했던 시간이 이런 결과를 초래할 줄이야.

"윤희야, 나는 어릴 때부터 너만 좋아했어. 네가 하라는 건 다 했어. 그런데 윤희야, 나는 이제 가야겠어. 프레이야는 사라졌어."

"오빠! 내가 잘못했어. 그러니까 제발……"

"윤희야. 이제는 네가 나를 지켜봐주면 되는 거야. 나 혼자 가더라도 네가 봐주면 쓸쓸하지 않을 테니까."

윤희가 울부짖기 시작했다. 윤희의 괴성과 혁수의 고저 없는 말투의 기괴한 조합에 공포를 느낀 지은이 발작을 일으켰다. 혁수는 지은을 들쳐메고 건물 밖으로 나왔다. 혁수의 차 안에 갇힌 지은이 할 수 있는 건 온몸을 버둥거리는 것뿐이었다. 지은은 벌레가 된 것만 같았다.

테이블이 대여섯 개쯤 될까. 지은은 캐모마일 차를 주문한 뒤 창가에 자리를 잡고 앉았다. 카페 창은 아트센터 정면과 엇비낀 위치에 있었다. 아트센터의 건축 양식을 감상하기엔 최적의 각도였다. 밤의 불빛들과 공존하며 조용히 엎드린 붉은 벽돌 건물.

카페 직원이 찻잔을 내려놓았다. 찻잔 옆에 작은 접시가 딸려 왔고, 접시 위에는 쿠키 두 개가 놓여있었다.

"맛있게 드세요."

지은은 차를 두어 모금 마시고, 쿠키를 베어 물었다. 쿠키를 혀끝에 놓고 아트센터를 보고 있자니 인석이 떠올랐다. 언제부터인가 시계가 조부장의 서가에서 사라졌다. 설령 시계를 다시 보게 된다 하더라도 혼령을 불러내려고 암흑 속으로 자처해 들어가는 배짱은 생기지 않을 것 같았다. 지은은 이제 깜깜한 곳에 혼자 있으면 공황장애가 오는 처지가 됐다. 기획실 옆방을 배당 받고 미술실로 꾸미며 신나게 뛰어다니던 날들이 주마등처럼 스쳐 지나갔다. 어느새 눈앞의 건물 윤곽이 흐려지고 있었다. 지은은 소매 끝으로 흐르는 눈물을 찍어 눌렀다. 제작소에서의 기억을 극복할 수 있을까. 공포에 무릎이 꺾일 수도 있다는 것. 지은을 가장 두렵게 하는 것이었다.

56

상원은 긴 숨을 뱉었다. 교통 체증이 이만저만이 아니었다. 지루해서 라디오를 켰는데 하필 소나무재단 관련 보도가 흘러나왔다. 방송은 전문가의 의견을 듣는 코너로 이어졌다. 출연한 이는 당대의 이슈에 의견을 자주 노출해 영향력을 발휘하게 된 대학교수였다.

"예술계에 국한된 문제라기보다 우리 사회 전체에 포진된 그물망 속에서 어떤 것이 생계형이었고, 또 어떤 것이 부역이었느냐를 살펴……"

창작 뮤지컬《어디에도 없는》역시《태양의 눈물》처럼 재단의 정체성을 보여주는 작품이라는 여론이 물살을 탄 건 순식간이었다. 밝혀진 바, 한유의 연인 오경선의 아버지는 일제강점기 때 경찰부 수송 보안과장을 지냈고, 일제가 벌이는 전쟁에 조선 청년들을 파병하는데 앞장선 전력이 있었다. 그런 자의 딸이 서양 음악을 전공하고 유학까지 가는 호사를 누렸는데, 그 딸의 이야기가 세기의 로맨스로 포장되는 걸 두고 볼 수 없다며 대중은 분노했다. 뮤지컬 관련 기사의 초점은 시인 한유보다 오경선의 배경에 맞춰졌다. 일제에 부역한 자의 딸을 미화하는 공연에 반대하는 청와대 청원 서명 운동이 일어났다.

명화가 결단을 내린 건, 공중파 방송의 탐사보도 팀이 파인아트센터와 창작 뮤지컬의 배경에 관해 취재를 하고 있다는 정보를 들은 직후였다. 홍보실 직원에 의하면 담당 기자의 사내 별칭이 '거머리'라는 것이었다. 명화는 《어디에도 없는》을 무대에 올리는 걸 무제한 연기하기로 하고, 공식적으로는 취소한다고 발표했다.

청주에 도착한 상원은 보일러 온도를 올린 뒤 파카를 입은 채 소파에 앉았다. 썰렁한 거실에 앉아있자니 그날이 떠올랐다. 그때 상원은 이 자리에 앉아 영임이 내온 복숭아를 먹었고, 그 여자는 맞은편에 앉아 상원을 물끄러미 보고 있었다.

거실 공기가 데워지자 상원은 파카를 벗어놓고 주방으로 갔다. 물을 끓이며 싱크대 서랍을 열어보니 영임이 즐겨 마시는 커피믹스 몇 개가 남아있었다. 두 개를 꺼내 조리대에 올려놓은 다음 방으로 갔다. 사진첩은 늘 그렇듯 책꽂이 맨 아래 칸에 꽂혀있었다. 상원은 사진첩을 꺼내 들고 침대에 걸터앉았다. 시작 페이지는 두 살 때쯤이다. 걸음마 이전 사진은 없다. 환영받지 못하고 시작된 생명에게 카메라를 들이대는 사람은 없었다. 불에 올려둔 주전자가 삑삑 울어댔다. 커피가 좀 식기를 기다리며 상원은 사진첩을 계속 넘겨봤다. 골라갈 만한 걸 찾고 싶었다.

공연이 취소되었다는 말을 전해 들은 날, 상원은 이메일을 다시 읽었다. 여러 번 읽었다. 미뤄왔던 답장을 보내 생각해보겠다고 전한 건 지난밤이었다. 미국에 오라는 생모의 이메일은 전화 통화가 있은 후였고, 상원은 마음을 정하지 못하고 있었다. 오늘 아침 일어나자마자 청주로 달려온 건 사진첩 때문이었다. 무엇 때문에 어린 시절의 사진을 골라내고 싶은 건지, 상원은 자신을 이해할 수 없었다.

상원은 남은 커피를 천천히 마시고 컵을 씻어 놓았다. 영임에게는 청주에 온다는 걸 말하지 않았다. 이유를 물으면 딱히 둘러댈 말이 없었다. 생모가 보낸 이메일에 관해 말하지 못한 것과 같은 이유였다.

상진에게서 문자가 온 건 낮잠을 좀 자려고 방에 들어가 누웠을 때였다. 영임의 병원 진료 문제로 연락을 해온 건데 상원은 상진이 요구하는 시간을 맞출 수가 없었다. 청주에 와 있다고 했더니, 상진도 며칠 전 들렀었다고 했다. 아이들을 데리고 워터파크에 갔다가 청주와 가까운 곳이라 할머니 심부름을 해드렸다는 것이다. 할머니가 장롱 깊숙이 넣어둔 꾸러미 하나를 가져다달라 했다고.

'뭔지는 몰라. 애들 때문에 정신이 없었거든. 꺼내선 그대로 차에 싣고 서울 도착하자마자 전해드렸어.'

상원은 펼쳐놓은 사진첩을 잠시 바라보다가 덮고는 원래 자리에다 되돌려놓았다. 어딘지 오염된 기분이 들었다. 할머니가 자신도 모르는 물건을 상진에게 부탁했다는 것이 묘하게 기분을 잡쳤다. 걸핏하면 상진에게 자격지심을 느끼는 것도 지긋지긋했다.

57

꾸러미를 풀기 전, 영임은 한참을 망설였다. 깊은 곳에 넣어두고 애써 외면해온 것이었다. 노끈을 푸는 손이 떨려왔다. 어느 해였던가. 원고를 광목으로 감싸 묶어두면서 다시는 펼쳐보지 않을 거라 생각했다. 뼈아픈 기억을 헤집어 일상을 질척거리게 해선 안 된다고 여겼다.

일찍이 먼저 간 남편, 홀로 키워야 했던 아들, 이어 아들의 혼외 자식까지 건사하며 살아온 세월이었다. 새파랗던 시절의 욕망, 가슴에 묻어둔 가여운 연인을 곱씹으며 현재의 시간을 처량하게 만들 이유는 없다며 꼿꼿하게 살아왔다. 과거를 들먹이며 감상에 빠지는 동년배들을 보며 혀를 차지 않았던가. 감성의 촉을 마모시킨 덕에 무던하게 살아왔다고 자부하지 않았던가.

잃어버린 시절이 사무쳐오기 시작한 건 근래 들어서였다. 명줄이 다할 때쯤이면 한결 더 덤덤해지리라고 생각한 터라 황혼녘에 엄습해오는 회한이 당황스러웠다.

노끈을 풀고, 누렇게 바랜 광목을 벗겨내자 세 권의 인쇄물이 나왔다. 쓰고 또 쓰면서도 늘 갈증이 나던 시절, 연마한 문장을 다듬어 보석처럼 빚어낸 분신들이었다. 영임은 그중 한 권을 집어 들었다. 1950년, 예술제가 무산되어 끝내 무대에 올리지 못했던 한 맺힌 대본. 대본을 펼쳐 내지를 쓸어보았다. 지면의 촉감에서 그 시절의 애상이 피어올랐다. 꿈에 부풀어 웃고 떠들던 연극부 시절로.

영임은 추억에 기갈을 내며 대본에 코를 박았다. 종이 냄새와 잉크 냄새가 모든 걸 불러왔다. 전쟁이 앗아간 청춘, 이루지 못한 꿈, 잃었던 대본을 쥐여주고 간 그 사람을.

58

"도와주세요."

명화의 집무실로 찾아온 지혜는 절박해 보였다. 명화가 한숨을 내쉬며 말했다.

"학생들 의상비 커미션, 잘못 걸리면 골치 아파져. 알잖아. 학부모가 걸고넘어지면 학교 측에서도 별수 없는 거야."

"솔직히 관례잖아요. 무용하는 애들치고 의상비 커미션 모르고 실기하는 경우가 있나요? 우리도 다 이 바닥에서 그러고 컸잖아요. 어떻게 그거 하나 불거졌다고 해임을……"

"개인 발표회에 졸업생들 데려다 쓰면서 급여도 안 줬다며? 그것도 업계에서 선점한 지위를 이용한 갑질이야! 그 사안에 대해서도 투서 들어왔어. 알아?"

"다들 그렇게 하잖아요!"

"요즘 애들, 우리 때랑 다르잖니. 그리고 너나 네 주변에서 그렇게 한다고 해서 모두가 그렇다고 하지 마. 나만 해도 애들 가르칠 때 그런 짓 안 했어."

명화가 선을 긋자, 지혜의 표정도 싸늘해졌다.

"그렇게 말씀하시면 곤란하죠. 대표님과 제가 같을 순 없는데."

"뭐가 다른데?"

"대표님이야 그럴 필요가 없었던 거고요. 저처럼 고만고만하게 사는 집안에서 무용한 애들, 교수들 해외 공연까지 따라다니면서 돈 써대야 하는 거 얼마나 힘든 줄 아세요? 그거 안 하면 경력 만들지도 못하니 억지로 하는 거라고요."

"당했다고 기어이 갚아야 해? 애들한테 원금 회수라도 하겠다는 거야?"

"제 말은……"

명화가 손을 내저어 지혜의 말을 막았다.

"그러게 조심을 좀 했어야지. 기껏 꽂아줬더니만."

두 여자는 서로의 시선을 엇갈린 채 불편한 기색으로 앉아 침묵을 지켰다.

"결국, 꼬리 자르기인가요?"

"무슨 소리야?"

"소나무재단, 요새 여러 가지로 시끄럽잖아요. 공연도 취소해버린 마당에 저 같은 거 하나 잘라내기가 뭐 대수일까 싶기는 해요."

지혜는 명화의 눈이 날카로워지는 것쯤은 아랑곳 않고 떠들었다. 이판사판이었다.

"절 잘라내면 임용 비리는 해결될 거고, 독재정권 미화, 친일 미화 건으로 시끄러운 것도 공연을 취소해버렸으니 곧 지나가겠죠. 남은 것들은 어떡하실 거예요?"

명화가 잠자코 있자 지혜가 쐐기를 박았다.

"특히, 설아."

두 여자의 시선이 팽팽히 맞부딪쳤다. 명화는 관자놀이에 핏대를 세우더니 뜸을 들이다 입을 열었다.

"그래. 우리 재단, 현재 구설에 올라 있어. 그렇지만 예고에서 너를 해임하기로 한 건 별개의 일이야. 네 해임은 전적으로 네가 벌인 일들 때문이라고! 해고 사유가 이곳과 연관이 있을 거라고 우겨서 달라지는 게 있니? 잘린 이유가 그거라고 증명을 할 수 있기나 해?"

명화의 집무실을 나서는 지혜의 다문 입술에서 분노가 내비쳤다. 링 소리와 함께 엘리베이터 문이 열렸다.

안에서 나오던 지은이 지혜의 얼굴을 알아보고 멈칫했다. 지은이 복도로 내려선 순간, 맞물리던 문이 다시 열렸다. 열림 버튼에 손가락을 얹은 윤지혜가 지은을 불렀다.

59

토슈즈를 신은 꼬마들이 우르르 빠져나가자 시끌시끌하던 교습소 안이 적막해졌다. 지혜가 말했다.

"이제 학원이나 잘 해야죠. 저, 예고 안 나가요."

지은은 따뜻한 물잔을 손으로 감싸며 엘리베이터 앞에서의 대화를 떠올렸다. 알고 싶어했던 일에 아직도 흥미가 있느냐고 묻던 지혜의 표정도.

지혜는 탁자 위에 놓여있던 물병을 들어 목을 축였다. 물속에 잠겼던 레몬 조각들이 흔들렸다. 물병을 내려놓은 지혜가 팔 빗장을 걸고 말을 꺼냈다.

"주정명이라는 이름, 혹시 들어봤어요?"

주정명. 파리 발레단의 한국인 발레리노로, 공연예술계에 발 딛고 있는 사람이라면 들어봤을 이름이다. 지은이 고개를 끄덕이자 지혜가 말을 이었다.

"그때 우리가 파리로 가게 된 게 주정명씨가 파리 발레단 예술감독과 자리를 만들어주겠다고 해서였죠. 주정명씨가 조명화 대표하고 예고 동창이에요. 조대표가 상당히 고무됐었죠. 그럴싸하잖아요? 파리 발레단의 예술감독과 수석 무용수를 데려다가 창작 발레극을 만든다는 게. 그때 조대표가 거기다 사활을 걸었던 게, 이혼한 뒤 귀국해서 아트센터 기획실장으로 업무를 시작했는데 경험이 미진해 죽을 쑤고 있었거든요."

지혜는 막힘없이 이야기를 풀어냈다. 마치 일주일 전에 일어난 일을 털어놓는 사람 같았다.

"파리에 도착하고 난 다음 날 다섯 사람이 함께 늦은 저녁 식사를 했어요. 조명화 대표, 설아, 나, 주정명, 그리고 예술감독 올리비에. 올리비에란 사람 나이가 그때 한 마흔쯤이었나 그랬을 거예요. 우리야 불어를 못하니까 주정명씨가 통역을 했는데, 얘기가 별로 시원찮게 흘러갔어요. 올리비에하고 주정명하고 무슨 꿍꿍이가 있었던 건지, 원하는 바를 들어줄 듯 말 듯 간을 보면서 약을 올린다고 할까?"

지혜의 눈이 기억을 더듬느라 옆으로 움직였다.

"저녁 식사가 끝날 무렵 올리비에가 클럽으로 자리를 옮기자고 하더군요. 사실 우린 그때 시차 때문에 너무 피곤했었고, 말도 안 통하는 사람을 상대하느라고 지쳐있어서 숙소로 들어가 쉬고 싶었어요. 하지만 올리비에의 비위를 맞춰야 하는 처지라 별수 없었죠. 옮겨간 곳에서 올리비에가 많이 취했어요. 자정 가까이 되어서 클럽을 나왔나? 클럽 문 앞에 서서 올리비에가 다 같이 자기 집으로 가서 더 즐기자고 그러더군요. 올리비에는 고집을 부리고, 주정명은 눈치를 보고, 조대표도 우물쭈물하고, 결국 다 같이 올리비에의 집에 가게 됐죠.”

지혜는 밀려드는 기억이 고통스러운지 한숨을 쉬었다.

“마레 지구에 있는 근사한 아파트였어요. 거실에 앉았는데 올리비에가 술병을 가져오더군요. 올리비에가 하도 권해서 다들 그걸 조금씩 마셨어요. 그리고 얼마 있다가 다 곯아떨어졌죠. 얼마쯤 지났나, 내가 눈을 떴어요. 화장실도 너무 가고 싶고, 머리도 쪼개질 것처럼 아픈 거예요. 보이는 건 제가 누워있던 곳 맞은편 소파에서 자는 조대표뿐이었어요. 일단 욕실을 찾아야 할 것 같아서 여기저기를 기웃거렸죠. 몇 개의 문들이 늘어서 있는데 복도 끝에 반쯤 열린 문이 있는 거예요. 욕실인가 했죠.”

지혜는 잠시 말을 멈추고 지은을 똑바로 응시했다.

"그런 거 알아요? 한 발 한 발 다가가면서 뭔가 이상한 기분이 드는데, 그래서 왠지 가지 않는 게 나을 것 같은 예감이 들긴 드는데, 그러면서도 계속 가게 되는 그런 거."

지은의 심장이 벌떡거리기 시작했다. 모를 리 없었다. 바로 얼마 전, 제작소 비밀의 방에 접근할 때 지은도 그랬으니까. 지은은 온몸이 까무룩 꺼질 것 같았다.

"잠이 덜 깨 비몽사몽이라 그랬는지도 몰라요. 이상한 소리가 들려올 때 알아챘어야 하는데, 마치 뭐에 홀린 것처럼 내가 그 문을 밀어버린 거예요. 거실에서 없어진 세 사람, 어쩌고 있었는지 짐작이 가세요?"

지은은 온몸이 굳어 아무 말도 하지 못했다. 아득한 현기증을 느끼며 지혜의 입을 틀어막고 싶은 충동과 싸울 뿐이었다.

"놀라운 건 설아의 표정이었어요. 분명 두 남자 중 하나는 설아의 팔을 잡아 누르고 있었는데, 설아가 이상하게 웃고 있는 거예요. 상황을 제대로 파악하기엔 설아의 그 웃음이 이해가 가지 않아 얼어붙어 있었죠."

지혜는 지은의 표정을 감상하겠다는 듯 잠시 침묵을 유지했다가 말을 이었다.

"그런데 갑자기 문이 닫혔어요. 어느새 내 뒤로 와서 그걸 본 조대표가 뒤에서 손을 뻗어 문을 닫아버린 거죠. 우리가 아무것도 보지 못한 것처럼 만들어버리려고."

지은은 명화의 행동이 어떤 심리에서 기인한 건지 가늠해보려고 했다. 다다르기 어려운 지점이었다.

"문이 닫히니까, 정신이 번쩍 들더라고요. 내가 멍청한 짓을 했나 싶었고요. 그런 면에서 보자면 그 순간 조대표의 순발력은 탁월했죠."

지혜는 손끝으로 눈가를 찍어냈다. 지은은 철벽같이 굴던 지혜가 별안간 모든 걸 고백하며 눈물을 내비치는 것이 역겨웠다.

"우리가 마셨던 술에 올리비에가 뭔가를 탔을 거예요. 설아 것에만 그랬을 수도 있고요. 그게 아니고는 그날 밤 봤던 설아의 태도가 설명되질 않아요."

지은이 간신히 한 마디를 꺼냈다.

"그래도 어떻게 죽기까지……"

"설아는 마음이 여렸어요. 약에 취해서 두 남자에게 강간 당했다는 사실을 받아들일 수 없었을 거예요. 설아가 죽었다는 소식을 듣자마자 조대표가 나를 불러 다짐을 받아냈어요. 어차피 설아는 죽었고, 말해봤자 해결될 것도 없으니 긁어 부스럼을 만들 필요는 없다는 얘길 하려고요. 핑계 같겠지만 나도 그런 생각이 들었어요. 어차피 설아가 죽었는데, 그런 추문을 밝혀 시끄럽게 만들 필요는 없잖아요. 경찰은 결국 그 사건을 우울증에 시달리던 예민한 예술가의 자살로 결론 냈어요. 조대표는 공연을 포기했고요. 더 이상 그 사건을 들추어내고 싶지 않았을 테니까. 올리비에나 주정명하고도 그 뒤로는 연락하지 않았을 거예요. 조대표가 진행하려고 했던 창작 발레《연인》은 그렇게 물밑으로 가라앉아 버리고 말았죠."

60

지은은 골목길을 걷다가 큰길가로 나왔다. 발작적으로 아트센터를 빠져나오는 건 최근 생긴 습관이었다. 목적지 없이 걷다 보면 호흡이 멈출 것 같은 증상이 좀 가라앉았다. 거리를 헤매다 광장으로 들어섰을 때였다. 한 노인이 지은을 불러세웠다. 윤희를 찾아온 노인이었다. 지은은 노인과 함께 올라와 음료를 대접했다. 사람 없는 기획실 대신 미술실에서 대접하는 게 나을 것 같았다. 노인이 물었다.

"아가씨가 하는 일이 뭐예요?"

"아, 저는 무대를……"

말끝을 흐리는 지은의 얼굴이 어두워졌다.

"그럼 저것도 아가씨가 만든 거예요?"

노인이 높은 곳에 올려둔 모형을 가리켰다.

"무대에 올리진 못했어요."

지은은 대답한 후 시선을 깔았다. 노인은 지은의 풀

죽은 태도를 눈치채고는 더 묻지 않았다.

"요즘 복잡한 일들이 많아서 부장님이 약속이 많으세요."

지은은 노인이 아트센터에 온 목적을 상기하고 화제를 돌렸다. 윤희는 창업주의 과거사 문제와 공연 취소 사건을 놓고 벌어진 소송 문제로 변호사를 만나러 간 참이었다. 노인은 조금 기다려보다가 돌아가겠다고 하고는 서가로 눈을 돌렸다.

"저 책들은 다 아가씨가 읽는 거예요?"

노인의 시선이 가 있는 곳은 시집과 소설집, 개화기 서울의 모습을 실은 사진집, 복식사를 다룬 책 같은 것을 꽂아둔 쪽이었다.

"아, 저기 있는 것들은 지난번 공연 준비 때문에 모은 참고자료들이에요."

노인이 눈을 가늘게 뜨면서 시력을 모았다.

"한유의 시집이네요?"

"아세요?"

지은은 서가에서 책을 뽑아 건넸다. 책을 받아든 노인이 손끝으로 표지를 더듬었다. 한유를 검색하면 뜨는 흑백 사진의 명암을 강조해 배경에 깔고, 표제 시의 제목 《어디에도 없는》을 세로로 배치한 표지였다.

"곱게도 만들어 놨네. 그때는 제목만 찍혀 있었는데."

'그때는'이라고 말하는 노인의 입 모양, 찬찬히 움직이는 손끝을 보며 지은은 묘한 기시감을 느꼈다.

"초판본을 직접 보신 적이 있으세요?"

지은이 묻자, 노인이 천천히 고개를 끄덕였다.

"저기 혹시……"

시집을 내려다보던 노인이 돌연 모형을 가리켰다.

"저것 좀 내려서 보여달라고 하면 실례가 될까요?"

61

　윤희에게서 전화가 온 건 노인에게 모형을 보여주고 있을 때였다. 윤희의 목소리는 은밀하면서도 경황이 없었다. 뭐가 됐든 석연치 않으면 일단 들고 나와서 감춰놓으라는 것이었다. 만나러 간 변호사는 윤희와 막역한 사이였다. 압수수색팀이 들이닥칠 거니까 준비하라고 귀띔해 준 현직 검사가 바로 그 변호사 친구의 남편이었다.

　기획실로 간 지은은 컴퓨터의 전원부터 켰다. 부팅되는 동안 책상 서랍을 열었다. 서류철을 죄 꺼내 미술실로 가져와 서성이는데 노인이 들고 온 나일론백이 눈에 들어왔다. 밑바닥이 넓어서 서류를 눕혀 넣으면 될 것 같았다. 지은은 노인에게 양해를 구하고 가방에 서류철을 숨긴 뒤 다시 기획실로 갔다. 데스크톱 모니터를 들여다봤지만 지은이 판단할 수 있는 건 없었다. 서가로 갔다. 서랍은 총 여섯 개, 수색팀이 오고 있는 기

처음 놓치지 않으려고 귀를 열어놓고 서랍 하나를 열었다. 숨길 물건은 없는 듯해 서랍을 닫으려다가 도로 열었다. 시계 상자가 서랍 안쪽에 있었다. 한동안 보이지 않았는데 서랍 안에 있을 줄이야. 지은은 뚜껑 유리에 사선으로 간 균열을 보며 인석을 떠올렸다. 시계에 봉인된 가여운 영혼.

엘리베이터 도착음이 울렸다. 이어 여럿의 구둣발 소리가 들려왔다. 지은은 황급히 주변을 둘러봤다. 할 수 있는 일은 더 없었다. 지은은 시계 상자를 품에 안고 일어났다. 잰걸음으로 미술실로 돌아가 문을 닫는 순간, 기획실 문이 벌컥 열리는 소리가 났다. 지은은 시계 상자도 노인의 나일론백 속에 집어넣었다. 노인에게 미안한 기색을 거듭 표하면서 잡동사니를 주워 모아 백 입구를 덮었다. 색연필, 마커, 말아놓은 종이 같은 것들.

지은은 포트폴리오백 근처에 나일론백을 내려놓았다. 내용물이 슬쩍 보이게끔 지퍼를 열어두어 미술도구들을 한군데에 모아둔 것처럼 연출했다.

벽 건너편에서 기척이 나더니 문고리가 움직였다.

"이쪽은 뭐지?"

한 남자의 목소리가 나는 동시에 미술실과 기획실을

잇는 문이 열렸다. 남자는 별말은 하지 않고 방 안을 눈으로 훑었다. 기껏해야 서른쯤 되었을까. 지은은 그가 검사라면 초임일 거라고 짐작했다. 남자가 물었다.

"여기는 뭐 하는 뎁니까?"

"미술실인데요."

다른 남자 하나가 더 나타나 고개를 들이밀었다.

"뭐야?"

"미술실이라는데요?"

새로 나타난 남자가 한쪽 눈을 일그러뜨리더니 옆으로 턱짓을 하고는 물러갔다. 별 볼 일 없을 거라는 신호였다.

검사들이 물러나고, 옆방에서 기척이 들려오지 않는다고 여겨질 때 지은은 창밖을 내다봤다. 검사들이 타고 온 차는 아직 건물 앞에 있었다. 지금은 다른 부서를 뒤지고 있는 듯했다. 지은은 노인과 함께 미술실을 빠져나와 지하 주차장으로 갔다. 외부인에게는 개방되지 않는 극장 내 통로에 대해 잘 알고 있어 검사들의 눈에 띄지 않을 수 있었다. 극장 도면을 늘 들여다보고 있어서 통로에 훤했다.

지은은 차에 타고 나서야 안도의 한숨을 내쉰 뒤 뒷

좌석의 노인을 돌아봤다.

"가방, 이제 비워 드릴게요."

지은은 나일론백 위에 들어찬 것들을 집어내 조수석 바닥에 내려놓았다. 시계상자도 꺼냈다. 상자를 무릎에 놓은 채 서류철을 꺼내던 참이었다. 뒷좌석의 노인이 다급히 말했다.

"아가씨, 잠깐!"

지은은 깜짝 놀라 노인을 돌아봤다.

"그거, 그것 좀!"

노인이 시계상자를 가리켰다.

"이거요?"

지은은 얼떨떨해하며 상자를 건넸다. 시계상자를 가지고 나온 건 우발적인 짓이었다. 한동안 행방을 몰랐던 시계가 갑자기 나타나니 무턱대고 집어온 것이었다. 인석을 한 번은 더 만나야 할 것 같다는 무의식의 발로였다.

지은은 상자를 살피는 노인의 얼굴을 경이롭게 지켜봤다. 관에서 일어서는 좀비를 보면 저런 얼굴이 될까. 무엇보다 놀라운 것은 노인이 상자 뚜껑을 단번에 열어낸 것이었다. 나비 상감을 눌러야 하는 개폐 방식을 노인은 알고 있었다. 노인은 상자에 누워있는 시계를 물끄러미 바라보았다. 번개라도 맞은 듯 놀랐던 안면 근육이 서서히 풀어지면서 턱 주변이 움찔움찔하기 시작했다. 아! 지은은 확신했다.

그녀다. 차인석의 그녀!

62

영임은 방으로 들어와 시계를 손에 쥔 채 주저앉았
다. 외출 중인 손주가 갑자기 올 수도 있어 차단된 공간
에 있고 싶었다. 시계의 주인에 대해 무던하게 말해줄
자신이 없었다. 가슴이 무너질 것만 같던 그날 그 장면
이 이토록 긴 세월 후에도 다스려지지 않을 줄이야.

지은은 상원의 아파트 앞까지 영임을 태우고 와서
일러주었다.

"시계를 쥐고, 그 시를 읊어야 해요. 그러면 만나실
수 있어요."

지은은 영임에게 시계를 건넸다. 시계가 있어야 할
곳은 파인아트센터가 아닌 것 같다고 했다.

영임은 시계를 두 손으로 감싸 가슴에 댔다. 심장이
뜨겁게 아려오는 동시에 그날 그 모습이 떠올랐다. 골
목길을 걸어 내려가던 옛 연인의 아름다운 뒷모습이.

집에서 일하던 아이가 불러 대문 밖으로 나가니 인석이 서 있었다. 영임은 피난에서 돌아와 초췌하고 파리한 낯빛이었다. 그 꼴로 인석을 만나는 게 마땅치 않았지만 왈칵 반가운 마음만은 어쩔 수 없었다. 영임은 대문 밖으로 뛰쳐나가 그의 품에 안겨 울었다. 인석은 귀태 나는 맵시와 뺨의 기름기를 잃고 생기 없어진 영임의 등을 하염없이 쓰다듬어주었다. 그날 인석은 처음으로 영임의 집 대문 안으로 발을 들였다. 매우 큰 집이지만 피난을 가 있는 동안 흉가처럼 변해 있었다. 문풍지는 죄 너덜거렸고, 어떤 문짝은 통째로 부서졌다. 한때는 잘 가꾸어져 있었을 화단도 난장판이었다. 두 사람은 툇마루에 엉거주춤 걸터앉았다. 영임이 힘없이 말했다.

"보다시피 집 꼴이 엉망이야."

인석은 몇 달 내 풍상에 닳은 얼굴이 된 영임을 아프게 바라봤다. 식구 중 살아남은 이는 영임과 모친, 그리고 살림살이를 돕던 아낙의 자식뿐이라고 했다. 영임의 모친은 남편과 아들 둘을 모두 잃은 충격과 피난 생활의 고초까지 겹쳐 온정신이 아니라고 했다. 영임은 종일 식량을 구하러 다녀야 했다. 피난을 다니면서도 사수했던 금붙이, 숨겨놓고 떠난 것 중 인민군이 미처 찾아내지 못한 물품 등을 들고 나가 먹을 것으로 교환해왔다. 영임이 입던 코트, 블라우스, 스커트는 곡기가 되어, 콩이 되어, 감자가 되어 돌아왔다. 인석과 모친은 피난을 가지 않았지만 그 정도로 비참하게 지내진 않았다. 수원이 인민군 치하에 있을 때 영리하게 처세한 외삼촌 덕도 있었고, 인우가 '빨갱이'였기 때문인지도 몰랐다. 외삼촌은 인우를 구박했으나 북한군이 동네를 점령한 동안은 인우가 인민당원이라는 사실을 잘 써먹었다. 국군과 유엔군이 서울을 다시 탈환하고도 인우의 정체가 발각되지 않은 건 천만다행이었다. 덕분에 인석과 모친은 고초를 면했다. 외삼촌은 수완이 좋은 사람이었다.

인석은 가방에 넣어온 것들을 꺼내 영임에게 건넸다. 세 권의 대본이었다. 예술제를 위해 연습을 해왔던 대본도 있었다. 전쟁으로 공연은 무산되었지만 대본에는 모두의 땀이 녹아 있었다. 그것을 쓰게 한 수찬, 써낸 영임, 절반을 차지하는 대사를 줄줄 외웠던 인석. 인석의 손에 들린 대본 뭉치를 보자 영임은 코끝이 빨개

져서 고개를 돌렸다. 영임은 들썩이는 어깨를 가까스로 잠재우며 입을 열었다.

"다락에 감춰두고 갔었는데 돌아와 보니 전부 없었어. 집안에 종이라곤 남아있지 않았거든. 모두 불쏘시개가 되었나 봐."

영임은 울먹이면서 말을 이었다

"다시는 못 볼 줄 알았어. 이것들."

"연극부원실 책상 서랍에 한 부씩 남아있더라고. 수찬이가 모아둔 것 같아. 인민군이 학교를 점령했었는데도 용케 남아있길래 혹시나 하고 챙겨왔어."

영임은 대본을 품에 안고 훌쩍이다가 학교 분위기에 관해 물었다. 인석은 좌익에 발을 담갔던 세력 색출로 들끓는 학교 이야기를 해주었다. 다음 날 사리원으로 떠난다는 사실도 전했다. 다만 형을 찾으러 간다는 진짜 이유는 말하지 못했다. 돌아올 때쯤이면 모든 것이 나아졌을 거라고 영임을 달랬지만 떠난다는 말은 영임의 얼굴에 그늘을 드리웠다. 인석은 주머니에서 시계를 꺼내 보였다.

"기억하지? 색시가 되면 주겠다고. 마음 같아서는 당장 그러고 싶지만, 어머니한테 받은 선물이라 지금은 곤란해.”

가까스로 한 농담에 영임도 가까스로 웃어주었다.
영임의 건조한 미소에 인석은 가슴이 쓰라렸다.

“며느리가 되면 어머닌들 어쩌시겠어.”

“뭐 청혼을 이렇게 해.”

간신히 웃음기를 보이던 영임의 얼굴이 다시 어두워
졌다. 영임의 눈에 물기가 맺혔다.

“사리원은 꼭 가야 해?”

인석은 말없이 고개를 끄덕였다. 영임이 물었다.

“혹시 우리가 오랫동안 못 만나다가 나중에 만날 수
있게 되었는데 내가 너무 초라해져 있으면, 그래도 인
석씨가 날 알아볼까?”

인석이 뭐라 입을 떼기도 전, 영임이 먼저 덧붙였다.

“나는 학교, 그만둬야 할 것 같아.”

인석은 대꾸할 말을 찾지 못했다. 영임은 이제 몰락
한 집안의 가장이고, 광인이 된 모친을 돌봐야했다. 영
임이 학교로 돌아간다는 건 현실성 없는 희망이었다.
잠자코 있던 인석이 애써 표정을 밝히며 입을 뗐다.

“암호를 정할까? 서로 못 알아보는 일이 없도록.”

인석은 한 손으로는 영임의 손을 잡고, 나머지 한 손

으로는 시계를 들어올렸다. 두 사람의 시선 사이에서 시계가 흔들렸다.

"이 시계를 가진 사람이 나타나면 우리의 시를 암송해. 시계를 기억하고, 우리의 시를 기억하고 있으면 우리가 맞는 거지. 설사 내가 얼굴을 다쳐 다른 모습이 되어 있더라도 그건 나니까."

영임의 얼굴이 일그러졌다.

"끔찍하게 왜 그런 말을."

영임은 진저리를 치더니 인석의 뺨을 쓸어내렸다.

"절대 죽지 마."

"안 죽어. 살아 돌아와서 보여줄게. 무대에 선 내 모습을. 네가 쓴 그 대본, 다시 살아나게 할게. 꼭!"

인석은 한 팔로 영임의 어깨를 감싸 안았다. 남은 손으로는 영임의 손등을 만지작거렸다. 말랑하고 매끄럽던 손이 버석하게 갈라져 있었다. 인석은 눈물을 떨구지 않으려고 억지로 고개를 들었다. 감나무 한 그루가 눈에 들어왔다. 감이 제철인 10월이건만 나무에는 열매 한 톨이 없었다. 맺었다가 죄 빼앗겼는지, 잔인한 시절이라 스스로 맺지 않았는지 모를 일이었다. 인석의 입술에서 나직한 소리가 흘러나왔다.

걸음을 서버리는 까닭은

서너 걸음 안개 건너편

한 폭 그림자 흔들리고 있음이오

감나무 가지 너머로 석양이 깔리고 있었다. 땅 위의 적색은 단죄받는 중이었으나 하늘의 그것은 아름답기만 했다. 오랜 시간이 지난 후의 석양도 그날과 다를 바 없었다. 영임은 건너편 아파트 사이로 기우는 태양을 바라보며 눈물을 흘렸다.

63

카메라는 메인 앵커의 상반신을 클로즈업했다.

"자, 그럼 말씀드린 대로 지금부터 파인아트센터 조명화 대표를 모시고 이야기를 나눠보도록 하겠습니다. 대표님, 나와 주셔서 감사합니다."

카메라 앵글이 뒤로 물러나며 앵커와 스튜디오에 나와 있는 명화가 화면에 잡혔다. 앵커가 질문을 던졌다.

"기자들이 그간 취재 시도를 꽤 여러 번 했던 것으로 알고 있는데, 갑작스럽게 인터뷰에 응하시기로 한 특별한 이유가 있는지요?"

카메라가 명화 쪽으로 옮겨갔다. 점잖은 의상을 입고도 화면을 압도하는 화려한 외모가 클로즈업됐다.

"소나무재단에 관해 대두되고 있는 사안들 전부에 일일이 답할 이유가 없다고 생각했기 때문에 말을 아끼고 있었던 것뿐입니다."

"일일이 답할 이유가 없다는 말씀은 어떻게 해석해

야 좋을까요? 모두 사실이 아니거나 근거가 없는 것들이라고 주장하시는 겁니까?"

"제가 오늘 이곳에 나온 건 현재 회자되고 있는《태양의 눈물》에 관해 밝히고 싶은 게 있어섭니다."

"《태양의 눈물》은 과거에 상연됐던 대형극인 걸로 알고 있는데 5공 시절, 그러니까 30여 년 전이죠?"

명화의 미간에 조금 힘이 들어갔다. 앵커와는 어쩐지 조화를 이루지 않는 분위기로 보일 법한 장면이었다. 카메라가 그 표정을 놓치지 않고 잡아냈다. 방금 전 한 말이 키워드로 잡혀 자막이 붙었다.

태양의 눈물, 밝혀야 할 내용 있다

지은은 긴장한 채로 화면에 시선을 고정했다. 상담 치료 후 약을 타기 위해 약국 앞에서 기다리던 중이었다. 공공장소에 비치된 TV라 볼륨은 작았지만 많은 사람이 모니터를 주시하고 있었다. 대표가 방송 출연을 한 건 최근 불거진 사안을 어떻게든 해결해야겠다는 결심이 섰기 때문일 것이었다. 화력이 붙은 네티즌은《태양의 눈물》에 출연한 덕으로 승승장구했던 배우들의 명단을 만들었고, 아역배우로 출연한 이들의 근황까지 밝혀냈다. 혁수가 걸려든 건 그 지점이었다. 아역배우로 출연한 인연만 가지고도 과거의 독재정권에 힘을 실어준 소나무재단 극장의 제작소장까지 해먹으며 기생하듯 살고 있다는 요지로 거론된 것이다. 명화와 윤희가 긴장한 것은 물론이고, 혁수가 정신병동에 입원해있다는 사실이 알려지는 건 지은도 원치 않았다. 혁수와 관련된 어떤 소식도 듣고 싶지 않았고, 세상이 그를 불러내는 건 더 싫었다. 혁수는 그날과 관련된 악몽의 핵심이니까.

명화는 좀 길어질지도 모른다고 서두를 떼고는 이야기를 시작했다.

"많은 분이 알고 계시는 것과는 달리,《태양의 눈물》은 선친께서 당시 정권을 미화하려고 기획한 작품이 아닙니다."

"그렇습니까?"

앵커의 반문에 조소가 묻어났지만 명화는 아랑곳 않고 결정타를 날렸다.

"《태양의 눈물》은 아이를 보호하기 위한 프로젝트였습니다."

창구에서 약을 타가지고 나온 여자 하나가 지은의 옆을 지나가다가 발걸음을 멈추고 TV를 쳐다봤다. 화면은 긴장이 엿보이는 앵커의 표정을 잡고 있었다.

"계속 말씀해주시죠."

앵커의 어조가 기대감으로 바뀌어 있었다. 명화는 앵커의 어조에 고무되어 화두를 이어갔다.

"청운다방 사건, 기억하시는 분들 있을 겁니다. 이 사연은 그날 선친께서 청운다방에서 누군가를 만나기로 한 것에서 시작됩니다."

"청운다방 사건이라면, 당시 신군부 집권을 반대하는 대학생들이 모여 있다가 연행된 사건입니다. 연행된 분들이 고문에 못 이겨 허위 자백을 하고 국가 전복을 모의했다는 누명을 쓰고 복역했었죠. 조작 사건으로 판명이 나기도 했는데, 그걸 말씀하시는 겁니까?"

명화가 고개를 끄덕였다.

"그렇습니다. 아버지는 그 현장의 목격자였습니다."

64

수찬은 한숨을 내쉬었다. 건너편에는 신중호의 네 살짜리 아들이 우유 컵에 꽂힌 빨대를 쪽쪽 빨면서 앉아있었다. 수찬은 아이 앞에서 아비를 무안 주고 싶지 않았다. 신중호가 악한 사람이 아니란 걸 안다. 연기에 재능도 있고 열정도 뜨겁다. 문제는 주사인데, 술만 마시면 돌변해 주먹을 휘두르기 일쑤니 알다가도 모를 일이었다. 더 무대에 세웠다가는 다른 배우들이 다 도망갈 판이었다. 한두 번쯤이야 실수였다고 넘어갈 수도 있겠지만 같은 일이 반복되니 수찬은 극단 대표로서 결단을 내릴 수밖에 없었다. 수찬은 지난해 신중호를 극단에서 제명했다.

고향으로 내려간 신중호는 재혼했고, 부모님이 맡아 기르던 아들을 다시 데려와 한동안 함께 살았다. 최근 새 아내와 사별한 전처소생 아이를 데리고 다시 서울로 올라왔다는데, 극장에서 허드렛일이라도 시켜달라는 것이었다. 수찬은 진땀이 났다. 아이 앞이라 매정하게 자르지 못할 걸 계산하고 신중호가 일부러 아이를 데려온 것 같기도 했다.

"아빠, 오줌 마려워."

아이가 말했다. 아이는 급하다는데 건물 내 화장실이 고장나서 잠겨있다고 다방 주인이 곤란해했다. 극장이 지척이니 수찬이 아이를 데리고 화장실에 다녀오기로 했다. 수찬은 불미스러운 일로 떠났던 신중호를 아직은 극장에 발을 들이게 하고 싶지 않았다. 수찬이 아이를 데리고 다방을 나서는데 대학생들로 보이는 무리가 안으로 들어섰다.

수찬은 극장 화장실로 아이를 데려가 소변을 보게 한 다음, 아이를 다방에 먼저 들여보내고 모퉁이 구멍가게에서 담배 한 갑을 샀다. 한숨이 났다. 새로이 가정도 꾸렸으니 다른 일자리라도 소개해줘야 하나 싶었다. 어차피 연극판이라는 데가 별로 돈 벌리는 곳도 아니지 않은가. 수찬은 담배 한 개비를 다 못 피우고 비벼 껐다. 신중호에게 뭐라 답을 해줘야 할지 입장을 정하지 못한 채 난감한 발걸음으로 건물 모퉁이를 돌던 참이었다. 갑자기 다방 문이 거칠게 열리더니 한 무리의 사람이 쏟아져 나왔다.

"나와, 이 새끼들아!"

비슷비슷한 점퍼를 입은 사내들이 수갑 찬 청년들을 끌어냈다. 다방 안으로 들어갔던 대학생들이었다. 수갑이 채워진 건 전부 넷. 놀랍게도 그중 신중호가 있었다. 어찌 된 일인지 한쪽 귀에 피 칠갑을 하고 있었다.

수찬은 반사적으로 뒷걸음을 쳐 모퉁이 뒤로 몸을 숨겼다. 점퍼 입은 사내들과 마주쳐 좋을 게 없다는 본능적 직감이었다. 수찬은 점퍼들이 대학생들과 신중호를 차에 태워 떠난 뒤에야 다방 안으로 들어갔다. 찻잔들이 깨져 뒹굴고 의자가 넘어져 있는 가운데 다방 주인이 얼빠진 얼굴로 서 있었다. 구석에 쪼그려 앉아있던 신중호의 아들이 수찬을 보자 벼락같은 울음을 터뜨렸다.

65

지은은 약국 앞에서 TV 화면을 지켜보는 사람들 속에 섞여 멀거니 앉아있었다. 머릿속이 하얘진다는 게 이런 걸까. 무대가 있고 관객이 있다는 점에서, 목도하고 있는 장면이 연극처럼 여겨졌다. 명화도 배우 같았다.

"당시 청운다방에서 연행된 이들을 불법 장기 구금하고 고문해 허위 자백을 유도해 사건을 조작했다는 사실이 드러난 게 불과 얼마 전입니다. 그중 한 명을 고문 도중 사망에 이르게 한 것까지도 밝혀졌지만 유족의 상처가 회복되는 건 불가능합니다. 그 일로 인해 한 사람의 영혼이 부서졌으니까요. 그날 다방 안에서 대학생들을 보호하려다가 함께 연행된 신중호씨가 고문으로 목숨을 잃었던 사람이고, 현장에서 자신의 아버지가 귀를 찢기도록 얻어맞고 끌려가는 걸 목격한 아이가 바로 파인아트센터의 제작소장 신혁수씨입니다."

명화의 또박또박한 말이 지은의 귀에서 웅웅댔다. 명화도, 앵커도, 스튜디오의 데스크도, 시야에서 뿌옇게 번져나갔다.

당시 조수찬 이사장께서는…… 네, 재판이 시작되자 현장에 있던 청운다방 주인도 법정에 소환되고…… 그럼 조수찬 이사장께서 신중호씨의 아이를 숨겨놓고 있다가 《태양의 눈물》에 출연시켜서…… 대통령으로서는 본인을 긍정적으로 표현한 극에 출연한 아역배우에게 해를 끼쳐 좋을 것은 없으니…… 아무리 아이가 목격자라지만…… 아버지는 신혁수씨를 배우로 유명하게 만들어 놓으면 안전할 거라고 생각하셨기 때문에…… 실제로 당시 재판 진행 중에 누군가가 청운다방에 와서 아이의 소재를 물었는데…… 아이를 찾아내지 못했기 때문에 신중호씨를 폭행해 끌고 가 고문을 한 게 누구인지 밝혀내지 못한 건지, 아이가 잘 숨어있어서 안전했던 건지는 지금으로선 알 수가 없는…… 신혁수씨가 그 공연 이후로는 배우 활동을 지속하지는 않은 걸로 알고 있습니다만…… 당시 현장에서 목격한 일로 생긴 트라우마로 인해 한동안 고향 조부모에게 내려가 있

다가······

앵커는 시간이 다 되어 인터뷰를 마치는 게 아쉽다
는 말과 함께 명화에게 작별 인사를 건넸다. 배경음이
깔리고, 카메라는 다음 코너 진행을 위해 카메라 앵글
을 전환했다.

66

인석은 사진과 초콜릿바에서 눈을 떼고 병사를 돌아봤다. 병사는 총구를 바짝 겨누고 서서 경계를 풀지 않았다. 인석은 무겁게, 그리고 간절하게 호소했다.

"아이를 가진 여자야."

병사의 눈이 동요했다.

"부탁해. 내 아이와 저 여자를 다치게 하지 말아줘."

인석은 총구에 시선을 두지 않으려 애를 쓰며 읍소했다. 병사는 인석보다 어려 보였다. 그에게도 가족이 있을 것이다. 어쩌면 인석처럼 아버지와는 정을 쌓지 못하고 자랐을 수도 있다. 아무려나 그도 혈육에 대한 애틋함은 가졌을 테니 인석은 인간의 선한 본성에 패를 걸었다. 아이의 아버지라는데 병사도 마음이 약해질 것 아닌가.

이것이 인우를 위해 할 수 있는 마지막 일일 수도 있다. 사리원을 떠나올 때 형과는 다시 만날 수 없을 거라고 짐작하고 있었다. 병원까지 달리며, 하고픈 말을 공중에 날려 보냈으니까.

'데려가 살릴게. 형 대신 아이를 어머니께 데려갈게. 형의 분신이니까. 하지만 형을 찾아다니는 일은 더 못하겠어. 나는 말이야, 형. 더 이상 형 때문에, 나와 어머니를 위험에 빠뜨리는 일은 하지 않을 거야. 그러니까형, 형은 형대로 살아. 어떻게든, 어디서든 꼭 살아남아!'

병사의 눈이 흔들렸다.

"뎀 잇!"

병사는 핏발 선 눈으로 코를 훌쩍였다. 울기 직전의 표정, 덤불처럼 엉킨 머리와 찬바람에 벌겋게 튼 뺨. 자세히 보니 징집이 되지 않았더라면 학교에 다니고 있을 나이의 소년이다. 수치심을 느끼는 것도 같고, 극심한 피로에 지쳐 정신이 나간 것 같기도 했다. 칼바람이 부는 곳에서 전쟁을 버티고 있었으니, 그도 집이 그리울 터였다.

'이제 그만 총을 거두고, 우리를 원래 있던 막사로 돌려보내 줘.'

인석이 머릿속으로 영작을 하던 중이었다. 우당탕소리와 함께 막사 문이 거칠게 열리고 군홧발들이 다다

다다 쏟아져 들어왔다.

총구는 전부 넷. 중위와 나머지 병사들이었다. 중위의 날카로운 목소리가 날아왔다.

"어찌 된 일인가?"

병사가 대답하지 못한 채 입술만 씰룩이는 동안 중위가 매처럼 눈을 굴렸다. 인석, 덕희, 병사를 향해 번갈아.

"이자들이 왜 여기에 있지?"

병사는 겁에 질려 머뭇거렸다. 중위가 다그쳤다.

"탈출을 시도한 건가?"

미처 해명할 겨를도 없었다. 겁에 질린 병사가 한발 앞서 내뱉었다.

"그렇습니다!"

중위의 총구가 빠르게 이동했다.

"탕!"

뜨거운 것이 인석의 왼쪽 가슴을 관통했다.

총구가 방향을 바꿨다.

"탕!"

덕희가 푹, 꺾였다.

그리고 명멸.

67

　상원은 맥주 캔 하나를 꺼내 들고 소파로 갔다. 의식적으로 머리를 비우려 하니 평소에 보이지 않았던 것들이 눈을 끌었다. 칠 벗겨진 모서리 같은 것들. 빈 맥주 캔을 헹궈놓고 붙박이 수납장을 열었다. 집의 흠집이 눈에 들어오니 신경이 쓰였다. 이사 들어올 때 도배와 칠을 다시 했는데 인테리어 업자가 남겨준 여분의 덧칠용 페인트를 그곳에 넣어뒀었다.

　수납장을 연 상원은 페인트를 꺼낼 생각은 잊고 안에 든 물건을 멀거니 바라보았다. 어째서 윤희의 집무실에서 본 시계상자가 그 안에 있는 건지 어안이 벙벙했다. 상원은 영임이 자고 있는 방 쪽을 봤다. 내막이 궁금했으나 곤히 자는 노인을 깨울 순 없었다. 대신 상자를 들고 방으로 갔다. 안에 든 시계를 좀 꺼내 보고 싶은데 상자는 여는 방법이 한눈에 들어오지 않는 독특한 물건이었다. 금이 간 곳에 손톱을 끼워 유리를 찍어 올려보았다. 금만 갔을 뿐 틈이 벌어진 건 아니라서 손톱이 들어가지 않았는데, 억지로 하려다 보니 유리가 깨져버렸다. 낭패였다. 깨진 유리 조각을 집어내 쓰레기통에 버리고 상자 속에서 시계를 꺼냈다. 묵직하니 손에 들어오는 감촉이 좋은 물건이었다.

상원은 시계를 내려놓고, 유릿가루를 뒤집어쓴 상자를 쓰레기통 위에서 거꾸로 뒤집어 흔들었다. 유리 부스러기들이 쓰레기통 안으로 쏟아졌다. 벨벳 천에 박혀 떨어지지 않는 조각들이 있어 상자 바닥을 손바닥으로 툭툭 쳤다. 그러자 받침대가 상자 틀에서 분리되어 뒤집히면서 종잇조각 하나가 떨어져내렸다. 상원은 쓰레기통에 떨어진 종잇조각을 집어냈다. 여섯 등분으로 접힌 종이에 단정한 글씨가 빼곡히 적혀 있었다.

인석아. 너라면 이 편지를 찾아내겠지? 부디 네가 발견했으면 하는 마음에서 너만이 알 법한 곳에 넣어둔다.

시계는 용욱이에게서 받았어. 부산에서 전시 연합 체제로 임시학교가 문을 열었을 때였는데, 사리원에서 돌아온 참이라고 하더구나. 네가 사리원에서 내려오지 못한 사연도 전해 들었다.

기다렸어. 오해는 풀릴 것이고, 언젠가는 다시 만나게 될 거라 생각했으니까. 네가 남로당원이었다면 내가 몰랐을 리가 없잖아. 밤낮으로 붙어 다녔는데. 용욱이는 내가 보관하고 있어야 너에게든 가족에게든 전하기가 쉬울 거라며 시계를 넘겨주었다.

휴전이 되고, 다시 서울로 와 학교에 다니게 되었지만 나는 혼자가 됐어. 너도, 영임이도 더 이상 내 곁에 없었으니까. 네 행방에 관해 수소문을 해 봤는데 아무도 소식을 모르더군.

휴전 후 3년쯤 지났을 때 수원에 찾아가봤더랬다. 네 시계를 어머니에게라도 돌려드리려고 했는데 안타깝게도 이미 세상을 뜨셨더구나. 아들 둘이 다 북쪽으로 가 감감무소식인데 휴전선이 그어지니 시름시름 앓다가 가셨다고 들었다.

인석아. 우리의 극장을 세우자던 약속은 지켰어. 영임이가 지어준 이름인 소나무극장, 그 이름을 그대로 썼다. 시계를 오페라글라스 상자에 넣어둔 이유를 고백하지. 사실은 너를 대하듯 이 시계를 보고 만지는 영임의 눈빛과 손길이 내게는 늘 비수였어. 하지만 딱 한 번, 영임이 내가 가진 것을 경이롭게 봐준 적이 있었지. 이

오페라글라스 상자를 보여주었을 때. 그때부터 이 상자는 내게 소중한 물건이 되었단다.

인석아. 나의 한 시절을 앓게 했음에도 나는 너를, 영임이를 그리고 우리 셋을 사랑했다. 그리고 그 증표로 여기 이곳, 우리의 극장을 남겨둔다. 살아생전에 시계가 네 손으로 돌아가는 걸 보고 싶었는데 이루지 못하고 갈 것 같다. 만일 먼저 가 있는 것이라면 그곳에서 보자꾸나.

상원은 책상 위에 올려둔 시계와 상자를 바라보았다. 윤희의 할아버지와 자신의 할머니를 연결하는 인물의 영혼이 집 안을 감돌고 있는 것 같은 기분이 들었다. 인석. 그는 대체 누구일까. 상원은 창 너머 까만 밤을 쳐다봤다. 창에 비치는 자신의 윤곽이 타인 같다는 생각이 들었다.

68

영임의 입술이 달싹달싹 움직였다.

"두려웠어. 인석씨가 돌아올 걸 확신하지 못했으니까. 너무나 많은 죽음을 보고 난 후였어. 아버지도, 오빠들도. 그래서 인석씨가 사리원으로 간다고 할 때 무서웠어. 전쟁이 영원히 끝나지 않고, 우리가 누비던 서울도 폭격에 날아갈까 봐. 다시는 인석씨를 만나지 못하게 될까 봐. 사리원으로 떠나기 전날, 골목길에서 멀어지는 인석씨를 보며 가슴이 미어졌었어."

인석은 영임의 눈물 어린 뺨을 쓸어주었다.

"서울 전체가 다 무너져내려도 솔숲은 남아있지 않겠느냐고 했었잖아. 살아 돌아와 거기서 만나기로 했었잖아, 우리. 난 줄곧 거기서 널 기다리고 있었어. 소나무 숲에서."

영임이 흐느꼈다.

"언제부터?"

인석도 목이 메었다. 사리원에 육체를 버려두고 날아왔던 순간부터라고 말해야 하니까. 약속 때문에, 연극에 걸었던 청춘을 놓지 못해 남의 몸을 빌려 무대에서 맴돌았던 세월에 관해 말해야 하니까. 그러나 이별의 시간 앞에서 말은 무용했다. 영임의 눈에 솔숲이 비치고, 그 숲에 눈이 내렸다. 떠돌던 바람이 멈춰서 눈발을 휘몰아갔다. 영임은 인석이 갈 때라는 걸 알고 눈을 감았다. 영임의 닫힌 눈꺼풀에 인석의 입술이 닿았다.

"갈게, 영임아. 내 사랑, 이젠 정말로 안녕."

69

지하철 안은 한산했다. 지은은 무릎 위에 놓인 에코백 모서리를 만지작거렸다. 에코백 안에는 영임이 전한 대본이 들어있었다. 지은에게 연락을 해 와달라고 한 이유였다.

"그냥 한번 읽어봐 줘요. 보고 재미없으면 내게 도로 가져오지 않아도 돼. 그냥 버려요."

어차피 갈 날이 머지않은 신세, 졸작이면 딱히 남겨두고 싶지 않다고 했다. 원래는 미련 없이 깨끗하고 가볍게 사라지고 싶었다고. 그런데 근 며칠, 그때 본 모형이 눈에 밟히면서 지은에게 원고를 보여주고 싶어졌다는 것이다.

지은은 집 앞 지하철역을 지나쳐 다음 역까지 가서 내렸다. 가끔 들르는 북카페로 가려는 것이었다. 원고의 처분을 맡은 게 부담스러운 만큼 얼른 읽어버리자 싶기도 했다. 카페는 평소보다 붐볐으나 오히려 좋았다. 지은은 백색 소음이 주는 안정감에 파묻혀 대본을 읽었다. 읽는 동안 커피 두 잔을 비웠다. 마지막 장을 덮고 나니 카페 안에 사람이 많이 줄어있었다. 지은은 빈 잔 둘을 테이블 한쪽에 모아놓고 생각에 잠겼다. 대본 표지에 찍힌 이름을 내려다봤다. 김영임. 백발의 노인이 지은보다 어린 나이에 쓴 희곡. 문체는 구어풍이지만 저자의 나이를 생각하면 놀랍도록 날카로운 통찰이 담겨있었다. 수려한 인물과 세련된 화술을 가진 성직자가 작은 도시에 부임해 삽시간에 인기를 얻고, 지역 유지와 관리들의 권모술수에 이용되어 휘둘리다가 탐욕스러운 인물이 되고, 결국 신의 뜻과는 가장 먼 곳에 가게 된다는 내용이었다.

지은은 대본에 손바닥을 얹었다. 가슴이 벌떡거리는 느낌을 진정시키려 애를 쓰며 고민해 보았다. 현대식으로 손을 좀 봐야겠지만 승산이 있다는 생각이 들었다. 색을 중화시키려면 보색이 적격인 법. 이런 내용이라면 현재 아트센터가 겪고 있는 난항을 타개해줄 대안이 될 듯했다.

지은은 생각에 잠겨 있다가 친구에게 문자를 보냈

다. 문예창작과를 나왔지만 문단 내 성추행에 대해 직언을 했다가 교수들에게 찍히고 현재 알바만 뛰는 친구였다. 끌어주는 이가 없어서 그런지 고전 중이지만 글을 잘 썼다. 잠깐 얘기할 시간이 되냐고 문자를 보냈더니 금세 답이 왔다.

'무슨 일?'

지은이 이어 문자를 보냈다.

'각색 한 편 해보지 않을래? 공모전 집어치우고 지름길 데뷔. 어때?'

70

출발 시간까지는 40여 분가량이 남았다. 맞은편 여자의 무릎에 앉은 흑인 아기가 상원을 빤히 보다가 방긋 웃었다. 아기 엄마는 상원과 비슷한 또래로 보였는데, 같은 비행기를 타는 걸로 보아 그 도시 거주자일 거라고 짐작되었다. 한국에 사는 사람은 아닌 것 같았다. 그곳, 앞으로 보름간 머물게 될 그 도시 거주민으로 짐작되는 여자의 인상착의가 상원의 마음을 끌었다.

보름은 긴 시간은 아니다. 할머니는 상진 부부가 잘 모시고 있을 것이다. 돌아온 다음의 삶도 딱히 달라질 게 없을 것이다. 생모를 만나고 온다고 해서 가슴 속에 드나드는 바람 소리가 멈추지도 않을 것이다. 그런데도 생모의 초대를 수락해 미국행 비행기를 타는 이유는 화해하고 싶어서였다. 내면에 있는 두 가지 감정과의 화해. 극단에 선 두 감정의 싸움에서 놓여나는 길이란 대상을 만나는 방법밖에 없다고 결론지었다.

아니, 어쩌면 그것조차 복잡한 핑계인지도. 사실은 원망도, 동경도 내려놓고 한 번이라도 불러보고 싶었다. 세상에 태어난 모든 인간이 제일 먼저 배우는 그 말을.

탑승 안내 방송이 울렸다. 대기실을 메운 여행자들이 짐을 챙겨 부스스 일어났다. 상원도 백팩을 둘러메고 일어섰다. 백팩 안에는 청주에서 가져온 어린 시절 사진첩이 들어있었다. 그것만은 부치는 짐에 넣고 싶지 않았다.

항공사 직원이 활짝 웃으며 말했다.

"어서 오십시오. 탑승권 안내해 드리겠습니다!"

상원은 시카고행 탑승권을 내밀었다. 탑승 통로를 지나는 동안 아까 그 아기 엄마가 앞서 걷고 있었다. 엄마의 어깨 위로 고개를 내민 아기의 눈과 상원의 눈이 또 마주쳤다. 상원은 아기에게 웃어주었다. 처음으로.

71

지은이 내민 파일 안에는 작품기획안, 시놉시스, 인물소개서가 들어있었다. 윤희가 고개를 갸웃하고는 인물소개서를 가리켰다. 인물 사진 아래에는 예술감독 추천이라는 주석이 붙어있었다.

"이건 뭐야?"

"이미지 메이커가 되어줄 뉴페이스요."

"우리 극장엔 예술감독직 없잖아."

"이력을 살펴보시면 제 뜻을 이해하실 거예요."

윤희는 인물소개서를 내려다봤다. 삭발한 머리에 얼룩테 안경. 연극배우이자 한 극단의 대표이고, 친구인 극작가와 공동집필한 극본이 문제가 되어 복역한 경력도 있는 이였다. 출옥 후 정권이 바뀔 때까지 해외에 나가 있었고, 귀국한 후로는 늘 정치적 목소리를 내는 시위에 얼굴을 내미는 진보 스피커로 알려진 인물이었다. 지은이 덧붙였다.

"대표님이 출연하신 뉴스를 보고 나서 생각했어요. 그 방송사, 진보 진영 앵커 덕에 회생했잖아요."

"그러니까, 진보 인사를 예술감독에 기용해 파인아트센터의 이미지 회복을 노려보자는 거니?"

"먹힐 거라고 생각해요. 시간은 좀 걸리겠지만."

윤희는 지은을 응시하며 생각했다. 갑자기 영리한 전략가 행세를 하는 지은의 태도가 생경했다. 윤희는 거부감을 삼키며 인쇄물로 시선을 떨구고는 지은이 검토해달라는 창작극 대본의 시놉시스를 훑었다. 윤희가 고개를 들었다.

"시놉, 네가 썼어?"

"아뇨. 각색자가 썼어요."

"각색이라면 원작이 따로 있다는 말이야?"

"네. 원작의 시대 배경은 개화기예요. 그걸 현대물로 바꿨어요."

"원작자가 누군데?"

지은은 영임과의 약속을 상기하며 말했다.

"공연이 결정되기 전까지는 밝히고 싶어하지 않으세요, 원작자가. 하는 걸로 결정하시면 말씀드릴게요."

윤희는 다시 한번 인쇄물을 내려다보더니 목소리를

깔았다.

"지은아. 이런 걸 한꺼번에 들이미는 걸 보면, 원하는 게 있을 것 같은데?"

"극장, 되살리고 싶어요. 저한테 힘을 실어주세요."

윤희는 섣불리 대답하지 않았다. 지은이 겪은 일을 생각하면 미안하지만 아트센터의 사활이 걸린 결정을 애송이에게 휘둘러서 할 순 없었다. 게다가 이어 지은의 입에서 나온 말에 윤희는 더욱 기함했다.

"그리고 제작소요, 현재 공석인데 따로 생각하고 계신 사람 없으면 관리감독자 자리, 저 주세요."

윤희는 깜짝 놀라 눈을 치떴다. 방금 들은 말의 진의가 의심스러워 어안이 벙벙했다.

"거긴……"

윤희는 운을 떼다 말고 입을 다물었다. 그곳에서 벌어졌던 일이 끔찍하지도 않은 건지, 지은의 속내를 짐작하기 어려웠다. 호랑이를 키우고 있었던 것일까. 그러나 간신히 냉담한 표정을 짓고는 되도록 침착하게 응수했다.

"경력에 비해 과한 걸 밀어붙이는 것 같다?"

"믿어주셔도 될 만큼 겪었다고 생각해요."

지은의 눈빛에는 흔들림이 없었다. 대답은 준비라도 해둔 양 신속했고, 쉬이 담판이 나지 않을 것도 예상한 듯 담담하게 굴었다. 비밀을 쥔 자의 여유였다. 윤희의 침묵이 길어지자 지은은 자리에서 일어나며 말했다.

"생각하실 시간이 필요할 테니, 그럼 나중에."

발걸음을 떼는 지은의 등에 윤희의 목소리가 따라붙었다.

"지은아."

지은이 윤희 쪽으로 돌아섰다.

"혹시 최근에, 시계상자 본 적 없니?"

시선이 부딪치는 곳에서 빛이 번뜩였다.

"아뇨."

지은은 태연한 얼굴로 대답한 뒤 미술실로 갔다.

늘 그랬던 것처럼.

작가의말

《소나무극장》의 시작점은 어디였을까. 내가 구상한 무대에 처음으로 조명이 켜진 순간이었을까, 제작소 바닥을 기어다니며 배경막 밑그림을 그리던 때였을까. 검은 모형과 함께 보냈던 불면의 밤들일 수도, 우연히 들른 설치미술 전시에서 수백 개의 인형 관객들과 마주하고 무대 체험을 해본 순간이었을 수도 있겠다. 세상의 여러 도시에서 만난 무수한 극장들이 이 소설의 주인공일지도.

돌아보면 나는 순간을 가로지르는 공연보다 땅에 발붙인 극장 그 자체에 더 끌렸던 것 같다. 어떤 종류의 극장이든 다르지 않았다. 소극장의 아늑함에도, 대극장의 웅장한 세트에도, 흔한 극장의 스크린에도 늘 가슴이 뛰었다. 웅성거리던 객석에 불이 꺼지고, 어둠을 품은 무대가 조명을 받아 깨어나면서 시작되는 여행이 나를 휘두르는 게 즐거웠다. 어딘가로 떠나기 위해 항공권이나 기차표를 사는 것처럼 우리는 영혼의 여행을 위해 티켓을 사고 극장으로 향하는 것 아닐까.

지난날의 기억 하나를 꺼내본다. 내가 어떤 사람인지 더듬어나가던 열다섯 살 무렵이었다. 학교 수업이 끝나면 좀 먼 곳까지 버스를 타고 가서 그림을 배웠다. 저녁 6시쯤 화실에 도착해 네 시간씩 그림을 그린 후 밤 10시가 넘어 집으로 가는 버스를 타면 빈 좌석이 흔했다. 한산한 버스에 앉아 야경의 액자가 된 차창에 머리를 기대고 있을 때였다. 버스 스피커를 통해 흘러나오는 음악 하나가 첫 소절부터 마음을 확 끌어당겼다.

넋 나간 듯 그 곡에 취해있다가 FM 라디오 DJ의 음악 소개에 귀를 기울였다. 1987년 대학가요제 수상 곡 중 하나인 블루드래곤의 <객석>이라는 곡이었다. 무심히 연극을 보러 갔다가 무대 위 여자 배우에게 마음을 빼앗기는 남자의 마음을 담은 노래인데, 그때 그 곡이 내게 왜 그리 강한 자극을 줬는지는 아직도 잘 모르겠다. 그저 어떤 음악은, 그림은, 혹은 이야기는 알지 못하는 이유로 한 사람의 내면에 북소리로 남는 것 같다.

오매불망하던 소설가가 되었지만 과거의 꿈 역시 여전히 살아있었던 모양이다. 내가 기어이 이 소설을 쓰도록 한 걸 보면. 쓰면서 깨달은 건데, 내가 짓는 이야기의 인물들은 결국 모두 나였다. 무대에 서고 싶은 사람도, 무대를 만들어내고 싶은 사람도, 이야기를 글로 쓰는 사람도, 극장을 세우는 사람도 모두 나의 욕망이라는 입체를 분리해 만든 분신이었다. 그러니 이 소설은 나의 조각들이 이루어내는 공연이자 무대이다.

이제 여럿의 '나'들을 내 손에서 떠나보내며 작별 인사를 해야할 것 같다. 함께 어울려 지내는 동안 말로 다 못 할 희로애락을 겪었고, 소설 속 모든 인물에게 깊은 정이 들었다. 리허설이 끝났으니 이제 《소나무극장》은 세상이라는 무대로 나가야 한다. 소설에 날개가 돋아 훨훨 날 수 있게 되길. 부디 많은 독자에게로 가 닿으렴. 멀리 저 멀리, 세상 끝까지.

홍예진

홍예진

경희대학교 산업디자인학과, 프랑스 파리 ESAT 무대미술학과를 졸업한 뒤 아트디렉터로 활동했다. 단편 <초대받은 사람들>로 외교부 주관 재외동포문학상 대상을 수상하며 작품 활동을 시작했다. 앤솔러지《소설 뉴욕》에 단편 <미뉴에트>를 발표하고 프란시스 차의《살아가는 동안》을 우리말로 번역했으며 2021년 산문집《매우 탁월한 취향》을 출간했다. 지금은 미국 코네티컷 바닷가 마을에서 살고 있다.

폴앤니나 소설 시리즈 005

소나무극장
ⓒ홍예진 2021

초판인쇄	2021년 9월 10일
초판발행	2021년 9월 10일
지은이	홍예진
펴낸이	김서령
책임편집	이진
편집	오윤지
디자인	이신애
제작	최지환
제작처	영신사
펴낸곳	폴앤니나
출판등록	2018년 3월 14일 제2018-09호
주소	12777 경기 광주시 순암로36번길 87
전화	070-7782-8078
팩스	031-624-8078
대표메일	titatita74@naver.com
홈페이지	www.paulandnina.com
인스타그램	@titatita74
ISBN	979-11-91816-02-0 03810